陳舜臣

陈舜臣随笔集

九点烟记

〔日〕陈舜臣 著

吴迪 孟芮竹 译

中国画报出版社
CHINA PICTORIAL PRESS

图书在版编目（CIP）数据

九点烟记 /（日）陈舜臣著；吴迪，孟芮竹译. --
北京：中国画报出版社，2019.6
（陈舜臣随笔集）
ISBN 978-7-5146-1716-0

Ⅰ.①九… Ⅱ.①陈… ②吴… ③孟… Ⅲ.①随笔—
作品集—日本—现代 Ⅳ.①I313.65

中国版本图书馆CIP数据核字（2019）第062685号

九点烟记
[日]陈舜臣 著　吴迪　孟芮竹 译

出 版 人：于九涛
责任编辑：廖晓莹
责任印制：焦　洋

出版发行：中国画报出版社
地　　址：中国北京市海淀区车公庄西路33号　邮编：100048
发 行 部：010-68469781　010-68414683（传真）
总编室兼传真：010-88417359　版权部：010-88417359

开　　本：32开（787mm×1092mm）
印　　张：7
字　　数：114千字
版　　次：2019年6月第1版　　2019年6月第1次印刷
印　　刷：北京通州皇家印刷厂
书　　号：ISBN 978-7-5146-1716-0
定　　价：48.00元

目录

烟的行踪

在中国古典诗词中，“烟”一般被认为有“雾”和“霞”两种意境。收录于《唐诗选》中的李白的七言绝句《黄鹤楼送孟浩然之广陵》（这一绝句同样也在日本的读者之间被相互吟诵和玩味）中就有“烟花三月下扬州”这一名句。这里的烟花指代“烟霞与繁花”或者“春的景色”。

清代的著名画家王时敏有着“烟客”的雅号，然而这一雅号中的“烟”并非意味着“烟尘”，而是代指“霞光”。因在传说中自古以来的仙人皆食烟霞而生，故烟客也等同于仙人。

唐代的李贺是我最喜欢的诗人之一。李贺在《梦天》的前半部分中梦游大上，以华丽的文笔描写了超越现实的天上世界的图景，并以在天上俯视的视角，于诗的后半部分中对人间世界进行了观察。

此处引用其诗文的后半如下：

黄尘清水三山下，
更变千年如走马。
遥望齐州九点烟，
一泓海水杯中泄。

在读这一部分之时，可以将黄尘理解为大陆，将清水理解为海洋。这既是地上世界的实景，也是传说中的三大神山（蓬莱、方丈、瀛州）之下风景的展现。若经历千年，地上世界的景色必会有沧海桑田般的变化，然而在天上看，那不过是如白驹过隙般极为短暂的一瞬。传说在上古尧舜时代的中国，全部领土被分为了九个大州（冀州、兖州、青州、徐州、扬州、荆州、豫州、梁州、雍州），从天上看这九大州（九大州也被统称为齐州），不过都是朦胧的雾霭，即便是汪洋一片的大海，也不过如注入小小杯中的流水一般微不足道。

李贺的这种俯瞰式描写，可以让我们联想到对历史进行观察的姿态。在波澜壮阔的历史中的人物，既有在取得胜利时的欢呼，也有在处于低谷时的失落。然而，就像在读到织田信长火烧比睿山的一段时就已然知道他的性命不久后就要终结在本能寺一样，我们犹如全知全能的神一般，对这些历史人物的命运早已了然于胸。

对于历史，因为有着时间上的距离，所以作为后世之人的我们虽然可以把握历史行进的大致脉络，然而对于细节的观察却并非那么容易。就算是梦游天上的李贺，也一样有着天上与地下空间上的间隔。这不能说没有些许的焦躁吧。

在这里，我想起了唐朝的王维针对中国绘画而撰写的流传千古的《山水论》。

> 远人无目，远树无枝。远山无石，隐隐如眉；远水无波，高与云齐。此是诀也……

在绘画处于远处的人物时，眼睛和鼻子无须被绘于纸上。同样，远处的树木不必画树枝，远处的高山不必画岩石。即是说，画山水之时只需要其像眉毛一样若隐若现，即可达到最高的意境之所在。画远处的水时，其表面不需要有波涛，只需与天上的云彩相连。我们虽能理解这一作画的诀窍，然而我们却有时希望能观察到远景中人的相貌表情，或者是希望鉴赏生长在树木上的枝杈。此外，仔细认真地观察山中奇岩生怪石的风景的冲动，抑或是对长风卷波涛的画卷的期待，都是常有之事。能够满足人们这样的心情的不正是小说家——特别是历史小说家吗？我是如此认为的。而且，当我如此思考之时，我自身也很奇妙地变得兴奋起来。

王维在《山水论》之外，亦有一篇《山水诀》传于世间，其中有"或咫尺之图，写百千里之景，东南西北，宛尔目前，春夏秋冬，生于笔下"这样的语句。我们可以将这句理解为，画山水画之诀窍乃是将百千里的风景收于极小的画纸之上，并使画中景物宛如真实的山水一样浮现在眼前，更要于笔下展现出春夏秋冬之变化。

这里有必要对咫尺所指代的长短进行一些说明。在中国，尺原本指成年男子两只手左右并在一起时从左端到右端的长短。周制一尺为22.3厘米，这一度量衡一直被使用到汉魏时期。唐代时的尺与现在基本相同，为30厘米左右。相对于尺，咫乃是指以女性的手为标准的长度，比尺稍短，约为八寸。无论如何，可以将理想的短篇小说解释为要在约等于现在的色纸[1]大小的咫尺面积中塞进春夏秋冬或东南西北。

前述《山水论》和《山水诀》因为并未收入王维之弟王

1　日本的一种方形美术纸笺——译者注（本书注释均为译者注，以下不再一一说明）

缙所编辑的王维文集中，因此其是否是王维所著尚存疑问。更因《山水诀》的用语和行文颇有南宋时期的特征，因此可以基本判断是假托王维之名所作。但是，其文章中所讲的有关中国绘画的常识，则是任谁也不可否认的。正因如此，假托南画的始祖王维之名也是可以理解的。

不能被仔细刻画的眼睛、枝叶、石头、波涛等，都可以算作烟尘。为了在咫尺的色纸中收入包含东南西北的百千里风光而省略的亦是烟尘。由此也可以理解为何在山水画中描绘云烟雾霭之时，我们省略了如此多的细节。这些细节不仅仅局限于人的眼睛或者树木的枝杈，从有一定距离的天上观察的话，九州（任意一个州都要比日本大）不过是九个如烟尘般的小点而已吧。

在中国绘画中，对于烟的表现有被省略和放弃的部分；想在文章中很直接地表现出日本的恬静和风雅是更为困难的。我在思考恬静和风雅之时，不自觉地就联想到了中国的“烟”。

清朝唐岱撰写的《绘事发微》中的说明也许比较容易理解。

当我们在大地之上仰望高山之时，可以看到云似乎从山上涌现出来。在中国，提到山的时候会不自觉地联想到岩石，而云朵从岩石上喷涌而出正是应当被表现出来的意境。基于这种联想，山石也被称为“云根”。李贺的《南山田中行》一诗中就有“云根苔藓山上石”这样的表述。在这一情景之下，可以将“山上石”（“云根”）解释为于山的高处产生云朵的地方。然而，众所周知，高山必以岩石为基础。在杜甫的《瞿塘两崖》中的“穿水忽云根”中，穿越流水而忽然显现的“云根”，其所表达的也必是岩石无疑。另外，唐代贾岛在《李凝山居诗》中，也有“移石动云根”的表述。这种表述通过语言上的游戏刻画了一种若移开石头则可以移动云之根的意境。

将话题转回《绘事发微》。若从作为云根的山石向上攀爬的话，首先遭遇到的便是“岚气”。

“岚”在日语中一般被读作“あらし”（ARASHI）。在中文里，“岚”的意思比起疾风和暴风，更倾向于表达一种“山气的湿润”。这种意境乃是映照着山的绿色而展现的轻微的青色。王维在其诗句中非常喜欢使用“岚”这一意境，如《辋川集》的《木兰柴》中所作的诗句：

彩翠时分明，
夕岚无处所。

漫山浸染的绿色，有时因过分浸染而丧失了“夕岚”的所在。事实证明，岚与光明而清晰的事物正相反。我也时常感叹，因景色的轮廓过分明显而丧失掉了“夕岚”的帷帐。轻盈而模糊的雾霭亦是岚的一种。它潮湿且滋润，也不过分鲜明和突出，一如日本的静谧安逸与古风雅趣。王维的这种美的意识，显然接近室町时期日本人的情感。正如其在《送方尊师诗》中所写：

夕阳彩翠忽成岚。

它的结构就像拆解前述《木兰柴》中的意境并重新组合它们。这是映衬在斜阳下的青山忽地将其青色转化为岚气——如同吟咏着青蓝色的薄雾。比起轮廓鲜明的景色，雾霭霞光映斜阳的烟景更加贴近王维的美感。

这样的话，就自然地可以将“岚”理解为“烟”。但是，唐岱在《绘事发微》中称：岚气聚集而不散，其薄处为烟，烟积而成云。因此我们可以认为，“岚”的薄处为“烟”，而其“烟”经层层累积变为云。

宋代韩拙有一部以其字“纯全”而命名的《山水纯全

集》。然而该书不仅欠缺权威性，而且被严厉批评为见解平庸和错误百出。虽然错误百出很令人困扰，但对于我们来说，也许见解平庸反而更有利于理解作者的真意。韩拙认为，山川之气皆由云而成。因云自身合散不一，其中轻者为烟，重者为雾，浮于烟雾之间为霭。

云烟雾霭被统一于一体，其中虽然只有烟不具备“雨”字头[1]，但我却极为喜爱。“烟”字大概有一种孤军奋斗之感吧。霞则因为其是云之气与太阳之气相互交织之时而形成的别样存在，一如朝霞与晚霞。因此，难道霞不正是应该用“火”字旁来表达的文字吗？若将其置于雨的庇护之下考量，可以感受到烟的气概以不可阻挡之势蓬勃向上。

原本的烟是形容生火之时产生的烟气，之后被人们逐渐付诸以文学的修辞。至少在古诗领域，逐渐发生了意义上的变化，特指为燃烧的薪火所生发出的烟雾。不，那应当是即便在散文中也经常被使用的农家升起的炊烟。

王时敏的号是有诗人意味的“烟客”。虽然同样使用了烟字，但若是使用了“烟火中人”的话，则反而意味着并不具有仙人意味的普通人。仙人食烟霞而生，而世俗之人则以

1　繁体的云写作“雲”。

蒸煮谷物或煎炒禽兽之肉为自己提供能量。

这并非是蔑视于烟火中生存的世俗之人。只是将烟气熏人的烟字进行优雅地转用，从而表现人类追求美的精神和强健的表现力与创造力。

借此机会，我想将对烟字的探讨转向19世纪如地狱般的回忆。在此处，烟被赋予了一种不祥的意义——鸦片。

在阿拉伯语中，鸦片被称为“afyun”，但尚不能知晓其在何时传入中国。即便是在东西方交往极为频繁的唐代，也很少能找到有关鸦片的记载。在宋代初年的百科字典《太平御览》中也未能寻得其踪迹。明代李时珍（1523—约1596）在其《本草纲目》谷部第十三卷中以“阿芙蓉”为名对鸦片进行了介绍。

“阿芙蓉”毫无疑问应当是从“afyun”的发音而来的转译，但是李时珍对此却丝毫不知。李时珍认为，“阿”意味着“我”，更兼其花色似芙蓉，故被称为阿芙蓉。在此期间，阿芙蓉也已经被称为阿片或鸦片。

李时珍在解说鸦片之时，称“阿芙蓉者前代鲜闻。近来于处方中使用者有之。其为罂粟之津液是也”，同时还标记了其具有轻微毒性的特征。另外，也记载了世俗之人将其作为房中之术而使用的事情。其具有延长房事时间的效果已被人所周知，然其作为房中术之药，尚未被普及使用。借用药物之力而贪恋闺房中快乐时光之人，在当时并不多见。

中国流行鸦片始于南方。南方因疟疾肆虐，故而作为镇痛药的鸦片开始被逐渐使用。

然而，伴随着广泛宣传，鸦片爆炸式地流行开来。其元凶毫无疑问是当时的东印度公司。当时中国和英国的贸易以广州为唯一的窗口，英国面对极端入超[1]的压力。究其原因，在于英国大量从中国进口茶叶，但几乎没有能出口中国的商品。虽然英国希望能输出毛织物和手表等，但基本没有取得成绩。英国努力寻找能够大量出口中国的输出品，并最后定格在了印度生产的鸦片之上。

鸦片在中国南方有作为镇痛药使用的记录，而且作为一部分特权阶级的“房中术之药”而具有一定的人气；更有甚者，其于明代之时在北京周边被冠以“一粒金丹”之名，作为百病之药的主材料被糅进药丸中加以贩卖，但其绝非具有治疗百病的功能，只是凭借其麻痹的效果而减轻生病的疼痛而已。然而鸦片在当时已经获得了奇效之药的美誉。

“不老长寿之药”的称号是由东印度公司进行的有意识

1　即进口大于出口。

宣传。因其具有成瘾性，鸦片非常快速地传播了开来。

鸦片为中国人所厌恶则是从19世纪前半期开始至20世纪初的事情。

以“烟”一字即可表示鸦片的含义。在鸦片之烟的面前，由霭或霞或起火而产生的烟也显得如此清澈。鸦片最初虽被称为“洋烟”，但最终还是去掉了“洋”字。

在探讨中国近代史之时，绝对无法回避鸦片的问题。与其说鸦片战争解决了鸦片的问题，不如说鸦片战争正是鸦片问题的开始。第二次鸦片战争后，鸦片贸易在中国被公开承认，无论何人都能合法吸食鸦片。富有之人可以吸食上等的鸦片，而贫穷之人只能吸食价格低廉的再生鸦片。同有《粮食管理法》时代吃非法流通的大米时未曾抱有罪恶感的日本人一样，沉溺于鸦片之中的人也未曾有一丝罪恶之感。在日本也颇有人气的清末画家吴昌硕虽几度收到访日邀请，但终究未能成行。“去日本的话会受到严苛法律的制约，吸食一下鸦片就会被关进大牢。”在听到了这样的消息之后，吴昌硕打消了去日本的想法。

说起禁烟，在日本意味着不吸香烟，但在中国则意味着不吸食鸦片。禁烟运动的成功关系到中国能否作为近代国家而重新焕发出生机与活力。

甲午战争中清朝失败的原因虽有多个，但清军大半是鸦片中毒患者之事却被意外地遗忘掉了。为了能有足够的金钱吸食鸦片而加入清军者不在少数，因而此等军队绝难取得胜利。

我的故乡在台北市的南郊，清朝战败后将台湾割让给日本之时，台北的清军首脑打开府库，发给士兵回家的费用并解散了军队。我故乡的恶党埋伏在路边，从士兵手中掠夺他们的路费。我听到此事之时不禁评论：“这真是何等过分之事啊。”然而，村中的老人却说：“我们之前可是经常被士兵捆起来啊。”在路上打劫士兵之人有的迅速成为了富豪，有的也从此走向了没落。按照村里老人的说法，没落之人都是从士兵身上抢来鸦片之人。这也算是一种惩罚吧。

这样的情景如实描绘了鸦片在旧中国所占的地位。中国从鸦片的地狱中抽身并不是一个一帆风顺的过程。按照在鸦片战争之前林则徐进言的那样，通过死刑这样的非常手段来应对鸦片带来的危害。

经由辛亥革命和五四运动，中国掸去了鸦片的侵蚀而进入到了崭新的时代。那是打倒步履蹒跚的清王朝后而实现的伟大事业。

自中国从鸦片的地狱中脱身至今并未经过太长的时间，

但人们经常以为事情已经解决而认为鸦片已经是一个极为遥远的问题。但是事实上却并非那么遥不可及。

中国虽然已经解决了鸦片问题，但其后遗症却并非顷刻之间可以消弭。精神上的，乃至国民身体上的问题依旧存在。但是这些问题都仅仅是需要一些时间的无伤大雅的问题，在中国新世代的身上，应当完全感受不到这样的气息了。

但是在探究中国近代史之时，被鸦片所遮蔽的黑暗时代往往不为人所注意。我认为，应当对此发表一番评论。

在阅读“烟”这一文字之时，鸦片的身影已经越来越淡化。而且在日常用语之中，“烟”的鸦片的含义也基本被清除了。

文字各自有各自的命运。在历史的长河之中，消逝与沉寂者有之，起伏激荡者也有之。“烟”虽仅一字，兼优雅之修辞与急转直下的不吉之意于一身，真可谓是历经波澜的命运之子。

朝衡小考

若论编史方法的公正，《大日本史》当之无愧。但其中有关朱子学思想中大义名分论赞的部分却似乎过于强烈。作为遣唐生留学的阿倍仲麻吕，其对唐朝的风物极为仰慕，并将自己的名字赋予唐代风格，最后甚至还在唐朝加官授爵。《大日本史》对他的事迹进行了笔触锋利的评论。

> 是其轻蔑祖先而贰其根本，此岂是圣贤之道耶？世人徒眩其才藻，而未究其本来，实乃因歆艳唐廷文士之推奖而所为之矣。

这种评论对阿倍仲麻吕来说的确有失公允。

不光是《大日本史》，水户的藤田东湖亦将远渡到大宋的僧人成寻的母亲赠予他的和歌“如是我听讲，天垠有稻梁。所诠辉照处，切切不能忘”收入《东湖歌话》之中，并盛赞其母为“虽为女子，但实乃真丈夫”。然而，紧随其后的评论则是对阿倍仲麻吕的攻讦：“（与成寻及其母亲的态度相对）阿倍仲麻吕前赴唐国，为其国之风倾倒，逐渐遗忘日本，并成为李隆基之臣。此等行径之恶劣自不必论，更可见其心中之恶劣。”

这种批判也未免太过严厉了，此处必须为阿倍仲麻吕做一些辩护。

中务大辅船守的儿子阿倍仲麻吕被选为遣唐生是在元正天皇的灵龙二年（716），因仲麻吕是在大宝元年（701）出生，彼时其不过十五岁而已。第二年，其又跟随遣唐使多治比县守入唐，同期的留学生中还有比仲麻吕年长六岁的吉备真备。吉备真备是被大学院或研究所派遣过去的，如果将吉备看作短期的研修生的话，那仲麻吕从最初就是被选拔为了长期留学的少年留学生。

由于日本朝廷选拔的留学生关乎国家形象，日本朝廷定是以严格的标准选拔英才。被选出的少年留学生阿倍仲麻吕进入长安的太学后通过严格的科举考试成为了进士，可以说他确实不负众望。

唐代的学校教育由国子监一类的政府机关所掌管，其长官被称为祭酒，因而国子监祭酒相当于日本教育担当大臣兼国立大学总长。国子监有六学，分别为国子学、太学、四门学、律学、书学、算学。其中，律、书、算三学分别是法律、书经、历法算数的专门教育机关，国子学、太学、四门学的三校在内容上没有差异，除大经（《礼记》《左传》）、中经（《诗》《周礼》《仪礼》）、小经（《易》《尚书》《公羊传》《穀梁传》）之外还教授《孝经》《论语》和《老子》。但国子学是以三品以上的文武官、国公的儿孙和从二品以上官员的曾孙为入学资格；四门学是以七品官以上的侯伯子男的儿子及平民儿子中的杰出者为入学资格。

外国留学生阿倍仲麻吕被依照一直以来沿袭的惯例而被安排在太学。按照当时的制度，习得诸学中两经以上的人方可以参加科举考试，因玄宗时期的进士科比起经学更注重诗文，故而学生在学校学习经学之外，也以《文选》一书为主要教材研习考试所需的诗文。阿倍仲麻吕虽然在长安过着这样的学生生活，但与同窗学生不同的是在长安他没有父母或亲戚。虽然家人都在今天想来并不算远的日本，但以当时的距离感来看，基本上如同万里之别了。

阿倍仲麻吕有位名为储光义的朋友，曾官拜监察御史的他给仲麻吕留下了一首诗，让人颇感亲密。储光义比仲麻吕年少六岁，在开元十四年（726）年满十九岁时就通过了进士考试，而这一年正是仲麻吕到大唐的第九年。虽然太学的修业年限没有特别的规定，但学习九年也没有考中科举的话要被劝告退学。我认为，仲麻吕和储光义应当是一同入学的同一期学生，也有可能是同一年考中了科举。

入唐后，阿倍仲麻吕把姓名改成了“朝衡”，其中，“朝”为姓，“衡”为名。“朝”这个字在古书中也被写作“晁”。因其将“朝臣”的“朝”作为自己的姓名，故而受到了《大日本史》的严厉批评。遣唐使一行的日本人经常称他为朝臣何某，粟田真人也在《旧唐书》中被以“朝臣真人”相称。此外，该书还有“其偏使朝臣仲满，慕中国之风，因此留而未去，改姓名为朝衡”的记载。

不像正使和副使，偏使是并不十分重要的使节，只是普通的随员。因汉文的语境中对“麻吕”这一词语并不熟悉，因而使用了近音词“满”作为替代，仲满即为仲麻吕。选择“朝臣”的“朝”这一姓氏是阿倍仲麻吕为了不忘他是日本朝廷大臣的缘故。《大日本史》的编者应当对这一点加以考量。

引用一首储光义赠予阿倍仲麻吕（朝衡）的诗，诗的题目为《洛中赠朝校书衡》。在中国，从古至今有在姓和名中间加入职位的习惯，因此这一题目意为在洛中赠予朝衡校书的诗。据记载，仲麻吕在考取进士之后，曾在太子左春坊的司经局担任校书。按唐制，将来成为皇帝的皇太子可以拥有一个小型政府，可以将其看作在正式成为皇帝之前必要的练习。配置外国留学生出身的人等也算是合乎规制。另外，司经局是创作经书正本和副本的地方，当时没有印刷技术只能用手书写。根据唐朝的官制，担当于手写和校正工作的校书固定为四人，官位是正九品下。

万国朝天中，东隅道最长。
吾生美无度，高驾仕春坊。
出入蓬山里，逍遥伊水傍。
伯鸾游太学，中夜一相望。
落日悬高殿，秋风入洞房。
屡言相去远，不觉生朝光。

在这首诗中，“伯鸾游太学”中的伯鸾是东汉梁鸿的别称。据《后汉书》的《逸民传》记载，梁鸿是扶风平陵人，其父亲梁让在王莽时期被封为修远伯，后在北地死亡。幼年时便成了孤儿的梁鸿，进入太学之后博览群书，毕业后没有出仕，以名隐士终其一生。《世说新语补》中记载，梁鸿孤独终老，甚至不与其他人一同吃饭。有一次邻居做饭，建议梁鸿趁灶台还有余火时做饭，但他把灶台上的火扑灭，等冷却后又重新开始生火做饭。的确是一位古怪之人。

储光义把仲麻吕比作梁鸿，是想说仲麻吕是像梁鸿那样古怪的人吗？我并不这么认为。梁鸿并没有出仕做官，而仲麻吕作为异国的官员晋升到高级的官职，如果是很清高的人断不会做这种事。那为什么储光义把他比作梁鸿呢？是学习太学有共通之处吗？学习太学的人不胜枚举，盛唐时国子监的学生中常常有三千人。在《后汉书》中曾称梁鸿“家贫”，难道这是他们的共通点吗？

如果是跟随日本的遣唐使来的留学生，很难想象仲麻吕在太学过着很清贫的生活。不过这些仅仅出于我的推测。仲麻吕与梁鸿的相似之处都是尽可能不愿意给其他人添麻烦吧。同窗的储光义，想到远道而来的仲麻吕，不管怎样竭尽全力还是不肯接受他的厚意，储光义作为友人一定焦急得不得了。

这个人真的像梁鸿一样！

这的确像是朋友之间能说出来的话。我可以想象储光义在赠予仲麻吕诗作时，他的脑海中一定掠过了这一情景。

因遣唐使并非时常被派遣，《大日本史》批判了仲麻吕留在大唐为官的行为。在仲麻吕入唐之后至下一个遣唐使到来整整经过了十六年。唐开元二十一年（733），以多治比广成为正使的遣唐使团被派遣至唐朝，仲麻吕虽然想同这个使团一同归国，但唐朝廷并未允许。

若从仲麻吕在开元十四年（726）考取进士来看，进入精英集团后他仅用七年时间便从左拾遗升至左补阙，是少有的从七品一路擢拔至第一线的中央官僚。这样的人才，即使是唐朝廷也不会轻易放手。

阿倍仲麻吕和李白是同一年出生，与比他年轻十一岁的杜甫同一年去世。关于王维的生年，曾有有力的说法讲似乎与李白是同年。被称为朝衡的仲麻吕和当时王维等擅长诗文的明星诗人非常要好。

开元二十一年（733），没有被允许归国的仲麻吕成为了亲王府的“友”。友是官名，亲王府的长官是被称为“傅”的从三品官员，次官则是正五品上的咨议参军事，长官与次官各一名。友排在他们之下从五品下，定员也是一名。朝衡（仲麻吕）是在玄宗的第二十四子义王玭的亲王府就职，后晋升为卫尉少卿。卫尉寺是负责处理兵器管理和宫门卫屯事务的政府机构，长官卿从三品，定员两名的次官少卿从四品上，在地位上仅次于阁僚。

之后，朝衡终于被擢升为从三品的秘书监，至此终得以出人头地。根据规定，其子弟可以得到进入国子监的资格。秘书监是秘书省的长官，掌管禁中的图书秘记，相当于国家图书馆馆长。秘书省下还设有著作局和太史局，文人中的精英大多都被集中于此。正因为是政府部门的长官，不能不说朝衡在唐朝官界中确实是身居高位。但尽管如此，依然不能打消他想回归日本的念头。

多治比广成之后入唐的遣唐使是在多治比入唐十九年后的天宝十一载（这里的“载”是唐朝用于记录年份变迁的字，公元752年），正使为藤原清河，大伴古麻吕和吉备真备任副使。此时朝衡已经是在当时看来非常年长的52岁了。思乡心切的朝衡期望能在第二年跟随遣唐使回到日本，此时纵使是大唐的朝廷也不能打消他回家的强烈思绪，便允许他回日本。但表面上下达的命令是“作为大唐官员，送日本遣唐使一行”。即是说，作为唐朝对日本的答礼而出使回国。从十六岁入唐，在这片土地上已经度过了三十六年，回国后真的能适应日本的生活吗？大唐不仅允许了朝衡回日本的请求，而且考虑到他可以以正当的名分随时回到大唐，便给予了他唐朝使节的身份。

辽阔长天玉镜升，
仰首遥望动乡情。
犹是当年春日月，
曾在三笠上顶明。

这是在日本的归途中作为朝衡的阿倍仲麻吕所吟唱的短歌，一般被认为是在苏州或者明州创作的。

要离开人生的大半时间居住的土地了，不得不与朋友们告别。虽然有唐使的职位，但恐怕不会再回来了。彼时的阿倍仲麻吕应当有把先进的大唐文物和制度亲自移植到日本，为日本的进步做贡献的抱负。在他心中，一定混着难以割舍的思乡之情、断肠的惜别之情，以及燃烧起来的凌云壮志。撰写《大日本史》的藤田东湖等人一定无法理解他人性中所具有的如朱子之学的格物致知般的品格。

阿倍仲麻吕最后并没能回到日本。他在海上遭遇了暴风后漂流到了安南[1]。受尽了辛苦艰难后，他在启程归国的第二

---

1 今越南。

年便又回到了长安。在他回归长安的第二年，唐朝便爆发了安史之乱，仲麻吕也跟随玄宗一同到蜀地避难。在这样的情况下，他也渐渐打消了回日本的执念。

在战乱后，他先后历任左散骑常侍（从三品）和镇南都护（从二品），任务完成后回到长安，并在大历五年（770）逝世。大唐朝廷追赠其潞州大都督之职。《日本诗纪》中也记载了日本朝廷也追赠其正二位的勋爵。

天宝十二载（753），仲麻吕回归日本之际，诸多朋友为他举办了送别的宴会，并作下了诸多诗文。其中最为有名的是王维题为《送秘书晁监还日本国》的五言律诗。

积水不可极，安知沧海东。
九州何处远，万里若乘空。
向国唯看日，归帆但信风。
鳌身映天黑，鱼眼射波红。
乡树扶桑外，主人孤岛中。
别离方异域，音信若为通。

因为这首诗也被收录于《唐诗选》，因此没有必要特别加以说明。《全唐诗》中记载的包佶（后为秘书监）的《送日本国聘贺使晁巨卿东归》五言排律诗也是在同一场宴会中被创作出来的。阿倍仲麻吕在席位中作为大唐的高官朝衡，虽然同样也创作了五言排律诗，但远不能与包佶的诗作相媲美。

衔命将辞国，非才忝侍臣。
天中恋明主，海外忆慈亲。
伏奏违金阙，騑骖去玉津。
蓬莱乡路远，若木故园林。
西望怀恩日，东归感义辰。
平生一宝剑，留赠结交人。

这首诗是《衔命使本国》，主要表现他是奉朝廷命令以使节的身份归国这一事。

在这样的送别之后，大唐的友人认为朝衡一行因为暴风遇难而深感悲伤。之后漂流到安南的朝衡等人相安无事回到京师后，得知消息的友人又转悲为喜。李白曾为此作了一首题为《哭晁卿衡》的七言绝句。

日本晁卿辞帝都，征帆一片绕蓬壶。

明月不归沉碧海，白云愁色满苍梧。

蓬壶传说是东海中的蓬莱仙岛，如果知道苍梧是东海沿线地名的话，这首诗便不需过多注解了。

朝衡的《衔命使本国》中的“蓬莱乡路远”和“若木故园邻”相对，这两句诗词颇值得玩味。蓬莱是东边的岛屿，若木是生长在昆仑西面日落之处灵木的名字。这两句的意思是说，去东岛的故乡的路虽然很远，但回来后我心里却觉得连最西边的若木就像在我家附近一样。

王维被称为南画的鼻祖。早稻田大学出身的汪荣宝从大正末期到昭和初年担任中国的驻日公使，而比起外交官的身份，他作为北洋政府五色旗的考案者更为世人所熟知。在东京就任期间，日本南画派的人物在樱之丘举办祭祀王维的活动，汪公使亦应邀出席。作为文人的他创作了题为《九月十七日雨中东京诸名士集樱丘南画院祀王右丞观礼》的两首七言绝句，这里列举其中一首。

昔送归帆沧海东，
只疑万里若乘空。
谁知化鹤千年后，

一夕来看浴日红。

承句的“万里若乘空”五字是引用了王维在送别朝衡时的诗句。

或许作为小说家多少有些妄想，我认为“乘”应当是“华”的误字。因此这一句也可以读成“万里若华空”。

若华是若木开出的花，与朝衡的诗中的“若木故园邻”相对应。而且在王维的例诗序篇中也有“苦垂为东道之标”，在有些书中认为这句话开头两个字应该是“若华”。

另外关于阿倍仲麻吕的经历，《新唐书》日本传的部分比《旧唐书》要多。《新唐书》中记载了他一时回国后又再次入唐的情形，且注明了在上元年间（760—761）官拜安南都护。与此相对，《旧唐书》中记载其为镇南都护。安南都护在至德二年（757）被改名为镇南都护，《新唐书》明明是在那之后编撰而成的，又是出于何种考虑将原来的版本重新改撰的呢？

兰陵王

从唐朝阎立本绘制的《历代帝王图卷》中可知古代的帝王大多留有挺直的胡须，有鼻子下的胡须向左右两边翘起来的，也有呈八字形垂下来的。如果以《三国志》中我们熟知的人物为例，前者的代表是孙权，后者的代表是刘备。

帝王的左右一定会尾随着众多的家臣，而这些家臣也要留胡须，但是他们的胡须绝不能凌驾于帝王的胡须之上。胡须果然是古代社会中代表权威的一种标志。

鼻子下的胡须垂下来是自然的状态，那些横着向左右翘起的则是经过加工修理过的。听说修理被称为“恺撒胡”的胡须形状是需要费很大心思的。在日本，长冈外史的胡子非常有名，听说他的胡须因没修理时很不雅观，所以需要不停地用整发剂修理。此外，听说他还要经常使用被称为“胡须袋子”的东西。

据我所知，在日本只有林铣十郎和荒木贞夫留有这种胡子，他们都是陆军大将，前者是以“解散议会”被人所知的前总理大臣。两人似乎都有极为强烈的权威主义倾向——至少都不太亲近臣民。恺撒胡最初的用意一定是为了强调“吾非平庸之辈”吧。

国外虽然在菜市和肉铺的商贩间也比较流行留恺撒胡，但是从中感受到的则并非是权威主义，更多的是一种幽默感。对此我也持相同的意见。

恺撒胡的时代已经过去了。在战后历代内阁的阁僚中，还有人留恺撒胡吗？在我的记忆中似乎没有。恺撒胡的全盛时代是在明治时期那种官尊民卑的权威主义时代，被称呼“官大人”的下级巡查中恺撒胡非常流行。他们一边捻着卷翘的胡须，一边做出“喂！你在干什么！”般威严的姿态，从而达到威慑百姓的目的。

在鼻子下蓄一撮卓别林那样的方形小胡子的话，就比恺撒胡显得亲切多了。

我上小学和中学时也曾有几个教师留有这种小胡子。在我看来，在颇有些威严的同时也不会令人感受到像恺撒胡那样强烈的压抑。这种胡子更因为修理起来很简单，所以很受喜欢。但这种胡子的形状很容易让人联想到希特勒，因而在战后并不是很受欢迎。

20年前，我的一位年仅二十五岁的朋友取得了公认会计师资格证。但因为他长着一张孩子脸，所以他看起来比实际年龄要年轻的多。像医生和护士那样，会计师也是越老练越值得被信赖，而他也一直因为自己有一张孩童脸而烦恼。这位朋友几经考量之后，决定在鼻子下面蓄起胡须。由于工作需要，这样的做法也是情非得已的。后来他到了看起来便很老成的四十岁之后才剔掉了胡须。

回顾历史，在曾经的合战中，决定胜败的重要要素之一便是大将的威严。尽可能严肃的脸无疑是有利的，而胡子则作为提升威严度的重要道具被几经加工。

关于合战能想到的是在日本口耳相传的兰陵王的故事。

兰陵王是6世纪后半叶南北朝末期北齐的皇族，原名高长恭，其父亲是东魏掌权者高欢的长男高澄。高澄死后，其弟弟高洋篡夺东魏建立了北齐。如果父亲没有那么早去世的话，兰陵王或许会成为继承者。

兰陵王高长恭英勇善战，而容貌据说像妇人一样端庄，因此在合战时很遗憾没有能压倒敌人的气势，所以出阵时戴着丑陋的面具。《兰陵王入阵曲》就是根据这件事而谱曲创作的面具歌剧。

北齐初代皇帝高洋（文宣帝）死后，儿子高殷继位，但马上被废掉，皇位由高洋的弟弟高演（孝昭帝）和他的弟弟高湛（武成帝）继承。高湛之后由被后世称为“后主”的儿子高纬继位。在当时南北朝的背景下，北朝处于北齐与北周的对立之中。北齐维持着与南朝陈的友好关系，一心为与北周争霸而积蓄实力，但最终反而被北周所灭。高纬则是因为子孙迟迟得不到帝号而被称为“后主”。

后主高纬是兰陵王高长恭的堂兄。如前所述，兰陵王是长男的儿子，要比后主年长。高长恭有深受国人赞誉的端庄容貌和强大的作战实力，是人人仰慕的对象。而这对于身为皇帝的后主高纬来说绝不是一个好消息。不论实力或是人气都是兰陵王略胜一筹，后主真不知道何时才能同他媲美。北齐和北周的命运是对立的，北齐无论如何一定要取得彻底的胜利。即使兰陵王自己没注意到这一点，北齐的重臣和武将也都认为如果让兰陵王做皇帝的话无疑对北齐非常有利。后主高纬疑心很重，他深感如果由兰陵王继任，自己就有可能会失掉宝座，于是便将兰陵王赐死。赐死兰陵王四年后，即后主武平四年（573）之时，北齐便宣告了灭亡。

北齐亡国四年后，灭亡北齐的北周被皇后的父亲杨坚夺取了政权。杨坚是隋朝高祖文帝，而隋朝统一南北朝则是人尽皆知的史实。

历史不容假设，但读者总想假设历史。

如果北齐拥戴文武双全的兰陵王高长恭作为皇帝，也许与北周的对战会取得胜利。因为南朝的最后一个王朝陈很软弱，天下统一便成为北齐高长恭的事业了。

北齐河清三年（564），北周与突厥联合进犯北齐。

当时兰陵王正任并州（今山西省）刺史，同入侵的突厥军进行了激烈的战斗，并最终打败了敌军。

在北周军包围金墉城时，兰陵王曾亲自率领五百亲卫队奔赴救援。当时被包围的北齐军不清楚突入战场的军队是哪一股势力，唯一能做的只是关闭城门。

“自己人！自己人！我是并州的兰陵王。”

不管怎样呼喊，喧嚣的战场使得声音无法顺利传递过去。兰陵王只好摘下头盔让他们看清自己的脸。

兰陵王的英俊面庞人尽皆知。在确定是友军之后，金墉城的弓箭手打开城门支援前来救援的兰陵王军，并将北周军包围击溃。

这时将士奏响了胜利的凯歌。这首歌以《兰陵王入阵曲》的名字被载入史册。

但这只是与历史事实截然相反的传说。在传说中，兰陵王为了隐藏与战争并不相称的美貌才戴上面具，但史实却是摘下头盔让自己的脸被看到。为了防范箭矢，当时的头盔大部分覆盖有铁片和坚韧的皮革，因此如果不摘下的话不能看清楚容貌。如果说头盔和面具不是同一种东西的话，那么摘下头盔和戴上面具就是两种情形了。从正史的记录中可知，摘下头盔是史实，戴面具充其量不过是有趣的传说而已。

源义经在日本人中颇具人气，这表现了日本人对英雄的同情。这种同情不仅限于日本人，对于悲剧英雄的同情全世界是共通的。

《兰陵王入阵曲》作为音曲和古典剧，其中那种对悲剧英雄抱以同情的世界共通的情感在中国民众的心中产生了深切的共鸣。

义经是被他的亲哥哥杀害，兰陵王是被作为皇帝的堂兄杀害。比起像楠木正成那样与敌人壮烈战死，类似于兰陵王这样明明无罪却因为遭人妒忌而被骨肉至亲残害的，悲剧色彩就显得尤为浓烈。

兰陵王入阵金墉城的故事为世人所熟知，入阵曲也在全国流行起来。义经在一之谷合战和攻打屋道中的事迹，乃至在壇浦取得胜利等功绩，恐怕也是被几经夸大后在民众间广为流传。作为天下之主的统治者当然不希望作为第二号人物的亲人有着过高的声望。

兰陵王高长恭在金墉入阵之时尚是其叔父武成帝的时代，因此并不存在之前提到的这种问题。但在他入阵后第二年，武成帝去世，后主高纬即位，兰陵王与皇室的关系开始变得微妙起来。

他的人气反而变成了被妒忌的根源。入阵曲明明是为增强军人的士气而被歌唱和流传的，但疑心很重的后主认为这是兰陵王为了与他争夺威望而自己编造曲子在军中传唱。

兰陵王不仅长相俊秀，心地也很善良，每每得到美味佳肴一定会与部下一同品尝。武成帝对于他的功绩十分赞赏并赠予他20位美女，但他仅接受了20位美女中的一人。不仅如此，在收到后主赐死的命令时，他还烧毁和丢弃了家中大量的借据。

在中国，兰陵王高长恭的名字并不像源义经在日本那样有名。只不过北齐没能取得天下，因而英俊勇猛且心地善良的兰陵王的佳话在某些地方流传。

即使同样是悲剧英雄，义经在历史中是主流，而兰陵王不过是一条支流。因而《兰陵工入阵曲》也仅仅被记载于史书中。而且年代久远，也已经失传，很难知道它到底是一首怎样的乐曲。不过值得欣慰的是，在唐代，这首歌曲中很少的一部分通过日本遣唐使传入日本，并作为雅乐流传至今。这对于悲剧英雄人物兰陵王来说，多少也能深感欣慰吧。

虽然知道兰陵王被赐死的年份，但他的生年却不详，因此并不知道他享年多少岁。他是比后主还要年长，而且是同一世代的高欢的孙子，在临终时一定还是英气方刚的青年英雄形象。若他这样优秀的人物能够统领北齐攻伐北周，不难想象北齐一定会取得天下。果然是过分偏袒反害其人，从当时的状况看来，北齐会被灭亡也是理所当然的了。

五世共30年的北齐王朝在中国并没什么名气，因其篡夺东魏建国，对于东魏的皇族和重臣的肃清过于强烈，以致北齐很不受欢迎。不仅如此，更大的决定性因素在于北齐皇室家族关系混乱无章。

《二十二史札记》的作者——清朝的赵翼曾评价：“古来宫闱之乱，未有如北齐者。”

高澄（兰陵王的父亲）和他父亲高欢（谥号神武帝）的妃子郑氏及蠕蠕公主私通；高洋（文宣帝）也在他哥哥死后和他哥哥的妻子元氏私通；高洋的弟弟高湛（武成帝）也侵犯过嫂子。高氏一族乱交私通尤甚。

北齐的高家虽出自渤海郡的名门，事实上也有种说法称他们世家都为鲜卑族。如果是汉族的话，家庭内绝不会有这样杂乱无章的伦理问题。这也许是基于中华思想而推测出的一种说法。

在这样的家族中，兰陵王虽如一股清流成为国民中的英雄，但同时也可以意识到他生存的环境是多险恶了。

北齐家庭的混乱也许是早婚风俗造成的。在年少时后宫生活如果很自由的话，就很难形成伦理制约了。兰陵王的父亲高澄与东魏孝静帝的妹妹冯翊长公主结婚时年仅十二岁。后主高纬的弟弟高俨因罪被株连，当时年龄还不到十四岁的他却已经有四个遗腹子了，这绝对不能说是正常的家庭。

《北史》和《北齐书》中记载的兰陵王的传说并非十分详细，大概是后世的史观基于相同的道德认知，才突出刻画出北齐家庭的混乱和兰陵王的品格高尚。

兰陵王和他的家族好像完全是在两个世界中的存在，虽是同一个家族但性格却极不相同，甚至因为相异之处太多，使人不得不抱有很多奇怪的猜测——他与他作风混乱的叔父们的不同究竟是因何而起呢？

史书中并没有过多谈及兰陵王与佛教之间的故事，然而正因为史书中对兰陵王的叙述过于简略，作为佛教徒的我则不能不浮想联翩。

之前说北齐理所当然会被灭亡，第一个理由是皇室家庭内混乱的作派；第二个理由可以说是对佛教保护的过盛。

南北朝时代是中国佛教的兴盛期，在北朝和南朝，佛教曾繁荣一时。北朝以北魏开始，因为非汉族的王朝特别多，对于从外国引进过来的宗教并没有很强烈的排他意识，因此很容易便接受了佛教。

而且这一时期出现了民族大融合，各政权都统治着诸多的民族。在北齐，汉族官僚群体和鲜卑族的军人群体共同构成了政权的基石。为了实现相互之间的融合，倡导人类平等的佛教便具有了更为理想化的普世价值，而这种不强调功利主义的佛教思想也在转眼间渗透到了社会中各个角落。

在南朝，来自北部的流亡者与当地人的融合是很大的问题，因为佛教传授融合的理念，当政者也为此打开大门支持民众学习佛教教义。

然而凡事过犹不及。不仅是佛教，如果国家对某种事物的保护一旦超过一定的限度，该事物便会开始堕落。

国家对于佛教的保护，如用国费修建寺院和佛塔，用国费（虽然是以皇帝个人名义，实质上是国费）供养僧尼。

用国家的财政供养僧尼并免除他们的纳税和兵役，这在那个即使辛勤工作也不一定能满足温饱的时代无疑是极富吸引力的。在寺院中传诵教义，虽说只能吃斋饭但也不必再担心忍饥挨饿和遭受战争的驱逐，更不会被箭矢和长刀杀害，还能不受霍乱的侵袭，哪还有比这更美好的事了？一时间僧侣的数量激增也是理所当然。

北齐的王室虽然家庭关系混乱，他们却很关心对佛教的保护。北魏和东魏保护佛教的政策并没有北齐这样强力，仅是文宣帝对佛教兴隆抱有极大兴趣，这从他捐赠的数量就可以推测出来。无论怎样，每年将从民众征收得来的国家税金的三分之一用于佛教开支就未免有些过度了。

据说北齐全国有四万间寺院，僧尼三百万人。即使在北朝，北齐的西边也还有北周，不过有四分之一政权的北齐却拥有如此众多的寺院和僧尼了。

但以北周武帝六年为界，北周展开了大规模的灭佛运动，并在建德二年（573）下令命三百万僧尼还俗，其中年轻的僧人更是被编入军队，余下的僧人则被派遣去生产。

因此，北齐和北周之间的国力差距越来越大。

北齐的国家财政已经不足以供养佛教，因为对佛教保护过盛，对很多戒律都进行了调整，随之而来的便是堕落的开始。

乱世中佛教发挥的巨大作用不能轻易忘记。虽然在史书中不一定找得到依据，但我认为在兰陵王身上可以看到佛教所发挥的积极影响。北周的灭佛运动，又刚好和兰陵王去世是同一年。

遗臣

大阪市立美术馆所藏的阿部藏品中，有一幅画着兰花的水墨画。但因为没有画土的缘故，这朵兰花给人感觉好像飘浮在空中。

为什么这朵兰花没有从土中生长出来呢？

当观赏这幅画的人询问这样的问题时，作者每次都以同样的话语回答：土地被藩人夺去了，你不知道吗？

作者的名字是郑思肖。按照美术馆的目录，这应当是元代的作品。但郑思肖从未认为自己是元朝人，他自认为被元帝国灭亡的南宋的遗臣。

郑思肖是福建连江人，连江县现在属于福建省宁德地区，在清代归福州府管辖，福州市的东北离岱江河口很近。但郑思肖出生在杭州，很多中国人即使前几代人迁了住所，祖籍却还是最初的地方。关于他的出生年份有各种传言，其中南宋理宗的嘉熙三年（1239）这种说法最适当。如若是这样的话，南宋便是在他40岁时亡国。

阿部收藏品《墨兰图》中有写明是“丙午正月十五日作此壹卷”。

这一年是元大德十年（1306），郑思肖应该已经67岁了。

他在延祐五年（1318）去世，享年79岁，这时他已经可以算作80岁的老翁了。即使在平均寿命延长的现在，80岁也算是非常长寿了。因此在当时，他应该是值得被祝贺的高寿者。

虽说是值得庆贺，但他也许并不如此认为。郑氏在南宋王朝出生，人生的后半部分须作为一名前朝的遗臣度过。因为他要怀着羞耻感度过元帝国统治中国的40年，这并非是一件值得庆祝的事情，他心中有的应该是满怀愁怨的情绪。

世人并不清楚他最初的名字，他在南宋灭亡后改名为“思肖”。其中“肖”字是“趙”[1]字的一部分，而赵氏则是南宋皇室的姓氏。

无论何时都不忘赵氏的南宋。

---

1 赵。

出于这样的决心，他改换了名字。

他的字是“忆翁”，也有永远追忆的意思。

他的号“所南”是最被人熟知的，因为原籍在南方的福建，故而可以解释为“在南方”之意。但事实并不仅仅是这样。原籍福建的他出生在杭州（南宋时代是国都，称临安），郑思肖大半生都在苏州度过。在苏州自家的屋子里，他挂着一张写有“本穴世界”的匾额。

拆解“本穴”两个字再重新组合，能得到“大宋”二字。其想表达的意思毫无疑问是在被元朝统治的现实生活中强调其生活的居室依然是大宋世界。

南宋、北宋或者西汉、东汉的称呼方式均是来自后世史学家的命名，在当时尚不加这些多余的文字。南宋也好，北宋也罢，都是“宋”，因而自称为“大宋”。

为了能被看出以“本穴世界”命名的意义，郑思肖在文字中间隐晦地藏匿了自己的意思，像“思肖”和“忆翁”就是出于这种考量。他的号“所南”，也不仅仅意味着在南方出生，解释为他决意不在北面则更有说服力。像在日本也有“北面武士”这样的词语，其意为相对于南面的天子，而作为官吏的人则在北面，从而表现出臣服的意味。对于郑思肖来说，起此雅号时已经将不臣服于异族的决意表现得淋漓尽致。

此外郑思肖还被赋予“景定诗人”“菊山后人”“三外野人（或者三外老夫）”“一是居士”等绰号。

景定是南宋理宗治世的元号（1260—1264），郑思肖是景定年间的太学上舍。他以太学上舍的身份参加了博学鸿词科的考试。虽然这是一种类似精英培训的课程，但其中过半的人都是书生，最终也都将成为南宋王室的臣子。郑思肖大概是为了纪念此事而自称为景定诗人。

菊山是他父亲的号。他尊重父亲并以父亲为人生榜样。他出于坚定走父亲道路的心愿，故而也自称“菊山后人”。

在儒教之外，郑思肖对佛教和道教也颇有造诣。然而他并不甘心做三教的凡夫，而是想从三教中超脱出来。“三外”便是取脱离三教庸俗之意。正如他所撰写的《十方禅刹僧堂记》和《神仙金丹大旨》的标题所展现的那样，这些都是与佛教和道教相关的文章。

佛教中在家的信徒被称为“居士”，而“一是居士”的自号则是儒佛混合的结果。从他的自注中可以知道，“一是”来源于程子语录，这一词语出自程子评论“杀身成仁”的文章。郑思肖曾经撰写过题为《一是居士传》的文章，正如陶渊明以名句“先生不知何许人，亦不详其姓字。宅边有五柳树，因以为号焉”为《五柳先生传》为开篇一样，这种写文章时以客观的角度看待自己，并加以幽默调侃的风格成为了中国的传统。白居易在《醉吟先生传》中也采取过这种方式。郑思肖按照这种风格在自传中写道：“一是居士，大宋人也。生于宋，长于宋，死于宋。”

在宋出生，在宋成长，在宋死去。虽然这是他生前撰写的作品，但对他来说，他的死并非在元朝而是在大宋。“一是”是万古不易的理，他是在宣示以它作为必须履行的章法直至最后的死亡。

朝代更替后，先后在两朝服侍做官的人被称为“贰臣”，史书中也特别有一篇《贰臣传》对此加以记载。“一是”的“一”与“贰臣”的“贰”[1]相对，表现出对含有贰的事物进行彻底否定的强硬姿态。仅仅从名字上来看，郑思肖的遗臣宣言是充满执拗的。在心中抱有决意虽是好事，但如果未能在实践中践行的话反而会被人厌恶吧，此正谓过犹不及。急性子的日本人会认为，如果这样倾慕大宋的话，那就不应当在元朝苟活而是去殉死大宋朝廷。确实，郑思肖表明遗臣的态度有些过剩，但正是这样，他才被认为是优秀遗臣

1 “二”的繁体字。

的典型。

“遗臣”或“遗民”这样的词有一种悲壮的美感，这样的语感从上古便已然存在。“夏朝的遗民”或“殷商的遗民”等时常会出现在史书中，其中含有的特殊情感也随之一直流传至今。

前朝灭亡之后虽然一定会出现遗臣，但我们赋予了“遗臣”强烈的美化意识。并非只有王朝灭亡，从前因为主人之家没落而失去职位的人也有很多。例如，大臣丧失立足之地后，大臣的家臣也因失去了主人而变为流浪之人。同样，家臣的家中也有仆人，而没有俸禄的家臣便无法再雇用仆人，仆人随之也失去了工作。这些人生活状态非常悲惨，但相对来说就稍欠美感了。

讴歌伦理和创造观念美是宋学的成果，遗臣与美学意识接连在一起是宋之后的事。

五代的冯道（882—954）是服侍过五朝十一君的宰相。他被批判没有气节操守，丢失了宋学的根基。但当时的民众却赞扬冯道向五朝君主宣扬爱护百姓的行为，称赞其作为宰相为了爱民而尽了最大的努力。他为五朝工作时，后唐、后晋、后汉都是突厥族的沙陀部出身的非汉族王朝。且不论是否服侍了两位君王，在当时仕于异族君主已经是颇具违和感的事情了。

五代之前的唐朝是世界级帝国，对异族很少有抵抗之感。有名的安禄山是胡人的儿子；在帕米尔和塔拉斯与伊斯兰军作战的高仙芝是高丽人；玄宗的秘书监朝衡是日本人阿倍仲麻吕。特别是武官中有很多非汉族的将军，他们经常被任命为节度使。

五代之后统一天下的是宋朝。宋从建国之初就饱受契丹族（辽国）压迫，对异族的抵抗意识也随之逐渐增强。宋学中对华夷的区别极为显著，这也反映了当时严峻的政治情势。

长年侵扰宋王朝的辽国被女真族所创建的金国所灭，而后为了避免金国的攻击，宋被迫向南迁移。金国虽不断压迫以杭州作为首都的南宋，但其最终为元所击破。虽说如此，相同的故事依旧反复上演，南宋最终被元所灭。在相继被契丹、女真、蒙古等非汉族骚扰或统治期间，蔑视异族的思想也越来越深入人心。

特别是在南宋王朝，郑思肖的这种遗臣意识为宋学所推崇，并升华为一种美感。

同样的思想在明清交替的时期也出现过。汉族王朝宋被蒙古族的元灭亡后出现了具有美感的“遗臣”，而在汉族王朝明被满族的清灭亡后，也涌现出了像流亡日本的朱舜水这样带有悲壮美的遗臣。此外，在诗文的世界里还有黄宗羲、顾炎武、屈大均等人。吴伟业虽也不幸成为了遗臣，但后来被推荐成为清朝的国子监祭酒。然而他在为母亲办完丧事后就再也没出仕，并将不足两年的官职收录进他的传记《贰臣传》中，直到去世之时他都一直后悔曾出任清朝官吏的行为。

新王朝引入前朝的遗臣有一个方法，因为要编撰前朝的历史，故而从前朝遗臣中选拔出想从事这份工作的人。即使是遗臣，但因是将自己曾奉仕的朝代的事情载入正史之中，故而具备出仕新王朝的口实。这其实是一种出于纪念或是彰显的考虑。

顾炎武等人虽然收到了来自清朝的就任明史编集委员的邀请，但他们选择了拒绝。黄宗羲也选择了拒绝，但他将弟子万斯同送到了明史馆工作。通过这种方式，他一方面可以避免“贰臣”的恶名，另一方面可以通过自己的弟子阐述对于明史编撰的意见，可以说是稍微有些狡猾。

顾炎武的五言绝句《海上》是为建议出仕清朝的友人到明史馆工作时创作的。

海上雪深时，
长空无一雁。
平生李少卿，
持酒来相劝。

海上指的是贝加尔湖畔。汉朝使节苏武被逮捕后有人规劝他归顺于匈奴，他没有服从，匈奴便把苏武放逐到贝加尔湖畔，历经19年他也未尝辱没了气节。后来归顺匈奴的李陵准备好酒来劝服他，苏武依然没有答应归顺。匈奴告诉汉武帝苏武已死，但苏武在大雁的脚上缠上写有“苏武在北海湖畔”的纸条，而大雁在天子狩猎时被射中，天子看到消息后便救出了苏武。

顾炎武在诗中表达了坚守气节的苏武借助大雁被救出，但自己连能托付的大雁都没有的心情，将前来规劝自己归顺清廷的友人比作李少卿（李陵）。

再将话题转回郑思肖。

郑思肖虽然作为遗臣而被人所知，但他的名字在铁函《心史》中更为有名。

明崇祯十一年（1638）十一月八日，从苏州承天寺的古井中发现了一份古文书。当时由于夏天持续干旱导致降水不足，寺院僧侣在疏浚古井时，一位名叫达始的僧人发现掉出来一个铁函。最初他认为这是一块砖头，但又觉得有些奇怪，几经辨认发现是一个铁函。

铁函里藏有郑思肖的《心史》。铁函由石灰密封，石灰中存有一个锡匣，匣子里的涂漆十分具有厚重感。

匣内侧写有：

大宋孤臣郑思肖百拜封

而在外侧则写道：

大宋世界无穷无极
大宋铁函经
德祐九年佛生日封

德祐是南宋仅使用了两年的年号，并未有九年。南宋虽已灭亡并由元朝取代其治理世间，宋朝遗臣郑思肖仍不屑于使用元朝的现行年号。德祐九年实际上是元朝至元二十年（1283）。

这个铁函时隔355年才重见天日。

前文引用的《一是居士传》便是《心史》中的一部分，内容是极为激烈的反对蒙古族统治的文书，其中将元朝的野蛮行径大书特书。在文章中他还记录了元世祖忽必烈剖割文天祥，吃他的心肝等事。这样反元的文书在元朝是绝对不能公开的，因此他将其沉在了水井深处。

关于被发现的铁函《心史》，一直存在真伪问题的争论。其中有一种说法是该书是浙江嘉兴海盐人姚士粦盗用郑思肖的名字创作的伪作。他们根据在《续文献通考》中记载的“世人皆称其书出自井中，明末好异之徒所作，以欺世”而断定这是一部伪作。

清朝文豪袁枚也在《随园诗话》中指出，因为在水中已经三百余年，故而纸墨不应该是完好无损的，从而也认为它是伪作。

但最有力的还是认为它是真品的说法。将郑思肖的文集与这篇《心史》对照看，文风相似成为了最主要的依据。

桑原隲藏持真品说，而且他的判断依据正是伪作说的依据。比如在福建泉州的阿拉伯人蒲寿庚的名字在《心史》里写的是蒲受畊，这是伪作说的重要依据。郑思肖虽然出生在杭州，但他的祖籍在福建，他不应该会弄错促使南宋灭亡的蒲寿庚的名字。然而，在此之外并没有其他引用蒲寿庚的例子，而且外国人的人名使用同音异字的例子是很少的。所以桑原隲藏说，郑所写的蒲寿庚这个名字用的是同音异字蒲受耕（畊与耕同字），并且蒲受耕的名字除了《心史》在其他地方并未被发现，这一点恰恰可以说明后世关于《心史》的好事者更改原文进而创造伪作是不可能的。

此真为卓见。

郑思肖喜爱画兰花，前文也曾提到过他的作品已经流传到日本。他有一首以《墨兰图》为题的五言律诗，后被收录进《心史》的大义集中。

钟得至清气，精神欲照人。
抱香怀古意，恋国忆前身。
空色微开晓，晴光淡弄春。
凄凉如怨望，今日有遗民。

此诗中将兰比作遗民。而“抱香”的表达，并不是说从水井中出来。关于这一点的理解，可以参考在世间流传的郑思肖被收录进《辍耕录》的寒菊诗为参考。该诗中有“宁可枝头抱香死，何曾吹落北风中”一句。因诗人有选择意像的癖好，因此这种同种表达也许成《心史》真品说的依据之一。

同样收录在《心史》的《大义集》中的一首诗也表现出了遗臣的心事。

一说乾坤事，无愁鬓亦斑。
心飞空澜外，身堕乱离间。
落日经何国，归云识故山。
凭谁叩冥漠，天道几时还。

冥漠是空无所有，在《文选》中颜延之拜陵庙的“衣冠终冥漠”，作者也许是联想到了元军对南宋皇陵的暴举吧。

在清代，《心史》一度成为了禁书。但该书在日本德川末期被复刻，清末的1905年经梁启超在上海重印后再次发行于世。辛亥革命时前赴后继的志士中，受到此书触动的人颇多。

极端反元的郑思肖，当然会对元军远征日本的失败拍手称快。以《元贼谋取日本》为题的两首七言绝句便被收录于《心史》的《中兴集》之中。

其一

涉险应难得命还，倭中风土素蛮顽。
纵饶航海数百万，不直龙王一怒间。

其二

海外东夷数万程，无仇于鞑亦生嗔。
此番去者皆衔怨，试看他时秦灭秦。

特立独行之人

冯道（882—954）曾效力于五朝八姓十一位君主，其中五朝是五代中的后唐、后晋、后汉、后周，以及辽（契丹）。他作为这五代王朝的宰相饱受诟病和非议。

也有一些为他进行辩护的论调。唐朝灭亡后接连五个短命王朝主要以节度使出身的军阀、契丹等塞外民族军队组成，如果没有像冯道这样的人的话，一般的民众一定会受到侵扰，反而那些主张不事奉二君而隐居山林才是真正的阴暗。中国的士大夫应该从冯道的事例中认识到应当为天下百姓承担起的责任。

明末独树一帜的思想家李卓吾（1527—1602）在他的著作《藏书》中也为冯道进行了辩护。而在此之前，冯道更多的是受到批评和攻击。

五代的正史有薛居正和欧阳修两种版本，这两个版本都出版于宋代。前者是《旧五代史》，后者则被称作《新五代史》。首先摘录《旧五代史》中关于冯道的评价如下：

> 史臣曰：道之履行，郁有古人之风；道之宇量，深得大臣之礼。然而事四朝，相六帝，可得为忠乎！夫一女二夫，人之不幸，况于再三者哉！

冯道死后谥号文懿，未能以文贞和文忠为谥号是因为他被认为既不贞也不忠。

在《新五代史》中，欧阳修对其做了如下评述：

> 予读冯道《长乐老叙》，见其自述以为荣，其可谓无廉耻者矣。

在提倡“存天理，灭人欲”的宋学全盛时期，品行是最高的道德律令。而冯道被当时的史学家这样批评也是当然的了。

在《长乐老叙》中，冯道晚年时以自号“长乐老子”署名作了一部自传，全文被收录于《旧五代史》。主要叙述自己的世家、宗族，自己为官的历程、爵位、称号及妻子的事，最后以“老而自乐，何乐如之！”为结尾。读起来确实不能不注意到充满其中的骄傲。但在当时，对官位和爵禄加以赞赏是非常普遍的事。

薛居正曾经严厉批判其“效力四朝”，却并未数落冯道为契丹建立辽国效力之事。这大概和冯道在《长乐老叙》中表现的为历代王朝效力并非羞耻之事有异曲同工之妙吧。

而谈及李卓吾辩护的依据，应该是《孟子》中的“民为贵，社稷次之，君为轻”吧。

因此他才对冯道流露的民本主义精神大为褒奖。

同样，李卓吾在《藏书》中，以“因时”“忍辱”“结主”“容人”“忠诚”五种标准对大臣进行了分类和评论。他认为，这五种类型并没有必要同时兼顾。

如果以天下百姓苍生为前提，因势利导，不管用什么方法都是有利的。

“因时”是指顺应时世的实际情况；“忍辱”自不必说是指忍受屈辱；而“结主”指与君主缔结联系并因此而变成谄媚，不过谄媚是由于忍受屈辱，故而这两点又有共通之处；“容人”是指对他人宽容、易于听取他人的意见。

冯道除了最后一点“忠诚”之外，完全满足其他四点要求。特别是最初的“因时”，不得不说恰好合适。没有任何人会喜欢服侍五个朝廷，但这不是冯道接连变更君主，而是不同的君主建立了新的王朝。况且百姓们并不关心王朝的交替，那无非是权力间的更迭罢了。这中间即使有战争行为，也不至于演变成攻城战，冯道无非是顺应时势而已。

如果冯道只为一个王朝竭尽忠诚，那在这个王朝灭亡时必须进行彻底的抗争，为此百姓可能就要被卷入战火。正是因为冯道顺应时势，才挽救无数百姓于战火之中。

契丹入侵时掳掠了大量的人，冯道用自己的钱为他们赎身并将他们送回了原籍。冯道能做到这一点，也正是因为他是辽国的臣属。

然而，李卓吾认为冯道的这些行为仅限于特别事态，无法人人适用。

冯道和李卓吾都是特立独行之人，但冯道出生在一个特殊的时代从而成为了一位特殊的人物，而评价冯道的李卓吾则在任何时期都是特立独行的。

50年间变换了五次当朝主权者，如果不是在特殊的时代，冯道或许终生只是个平凡的官吏。冯道是政治家，李卓吾是思想家，两者的不同便因此而产生。

只有在非常年代，政治家才能展现出惊人的权谋手腕。出生在只要有平庸的政治家便能解决一切问题的时代的人们无疑是幸福的，在这种太平盛世或是国力日强的时代，即使是英雄人物也难以显露出他们的锋芒，并且可能明明他们拥有卓越才华却总是被认为是平庸之辈。

翻阅历史能找到很多类似李卓吾这种独特的思想家。但像冯道那样为了社会和人民做出了巨大的贡献却饱受诟病的只有此一例。李卓吾洗却的是在冯道身上缠绕的被称为“原则”的误解。

若从原则来判断，历任五朝的冯道绝不是一位合格者。但又是谁创造了这种原则呢？李卓吾洞察了这一切，他认为，主张从一而终为一个王朝效力的原则对当政者来说是非常有利的，因而创造并赞美讴歌这一原则的也是他们。同时，孔子的思想体系也因此为历代的当政者所利用。

孔孟儒学，特别是孟子承认社会变革中民本主义的思考方式，即人民的幸福是第一要义。如果依照“君为轻”的主张，那不管侍奉几朝君主都一如既往为人民效力的冯道，一定会被评价为优秀杰出的人物。

契丹攻入汴京（开封）像野兽一样实施暴行时，冯道对契丹皇帝说：“此时百姓，佛再出救不得，唯皇帝救得。”

如果固守原则，连面见异族皇帝都是应当羞耻的，更何况到皇帝那里去说您比佛祖还尊贵这样的谄媚话语。

但契丹皇帝听到冯道的话却制止了部下暴行，从而拯救了人民。若仔细思考的话，能制止当时混乱状态的既不是神也不是佛，而是掌握军队统帅权的契丹皇帝。冯道的话并不是什么谄媚，只是客观真实的叙述而已。

在抹去刻意的粉饰后就可以完全清楚冯道的初衷，对他的批判从而也失去了根基。

西汉的政治家公孙弘也未受到太多的好评。刚强的辕固生对公孙弘说："公孙子，务正学以言，无曲学以阿世！"

这是记载在《史记》中的逸闻，成语"曲学阿世"即典出于此。辕固生这样忠告一定是因为公孙弘歪曲了所学来迎合世俗。不仅是辕固生，对西汉儒教体制有重大贡献的董仲舒也轻视公孙弘的"从谀"。这里的从谀是指不论何事都不加以反对的盲从与奉承。

而如果从李卓吾的观点看来，顺应实际情况的是善于"因时"之人，而谄媚逢迎的则是善于"结主"之人。

西汉武帝初期的宫廷中有爱好老庄的窦太后，她非常厌恶儒教。辕固生听说窦太后崇尚老庄，说"黄生是奴仆僮隶之言"。窦太后知道后大怒，为了羞辱辕固生而把他扔入猪圈，令他与猪进行格斗，好在同情辕固生的武帝给了他一柄利刃才使他逃过一劫。

坚持自己的信念并敢于率直进言是士大夫的美德，但窦太后从女奴一步步成为成功女性，对这样的女性难道不是还有其他的进言方法吗？认为公孙弘“曲学阿世”之人绝非算得上是一位政治家。

批判公孙弘的人还有主爵都尉汲黯。他将曾与公孙弘一同商议之事上奏，但皇帝却将他二人的奏章驳回，公孙弘完全服从了皇帝的意见。无法接受这一点的汲黯便向皇帝进言：“齐人多诈而无情实，始与臣等建此议，今皆背之，不忠。”对此，公孙弘回答：“夫知臣者以臣为忠，不知臣者以臣为不忠。”公孙弘想通过这句话表达的是汲黯根本不了解自己。

在君主专制下，绝不能直言进谏皇帝不喜好的事情。既然知道了不行就不再采取这种方式，转而换其他的方法，并只在可能有效果的建议上下功夫不失为一种英明的决策。如果这样考虑的话，公孙弘可以算得上是圆滑的政治家。

如果强硬地直面进言很难让皇帝欣然接受，而公孙弘在选择保全自己的同时又从另一个方面出击，仅仅是稍微改变进言的路径，便实现了自己最初的目的。如果是出于国家至善进行考虑的话，那刚直进言而被击溃之人难道不才是不忠的吗？与此相对，公孙弘一类以温存而图再起的反而是大忠之人。

至忠者不忠。

这是李卓吾的论断。他判定正是像公孙弘这样的人才是真正的忠心之人。

仅有美的意识不能被称为政治，无法正确处理政治问题的大臣即为不忠之徒。批判公孙弘不忠的汲黯一类蛮干派实际上才是真正的不忠。

司马迁在《史记》中认为公孙弘是阴险之人，且对于曾经关系不好的人一定要在事后加以报复，譬如“杀主父偃，徙董仲舒于胶西，皆弘之力也”。

主父偃曾经希望将自己的女儿送入齐王的后宫，但被齐国的太后拒绝。对此怀恨于心的主父偃对皇帝说：“齐王和皇室相当于远亲（当时齐王是武帝第四个子孙），因此有败坏风纪之虞。”武帝便将他派到齐王那里担任宰相。其实，当时被送到亲藩国的宰相都是皇帝派去监视各王的人，他多次对齐王进行欺凌，最终迫使齐王自杀。

这引起了其他王室的恐慌，赵王等人揭发主父偃接受贿赂的事，并上书给皇帝，皇帝随后决定逮捕主父偃。公孙弘虽然对主父偃传达了死刑的判决，但主父偃本身也难逃一死，因而据此判断说这是公孙弘个人的复仇是不正当的。

当时在诸王家中最有问题的是胶西王刘瑞。他生性凶残暴戾，朝廷一直想将他诛杀，但碍于他是武帝的兄弟不便动手。从中央赴任的宰相和官吏虽然负责监视，但他们自身被处罚的也有很多，因而公孙弘将董仲舒送到刘瑞处被认为欠妥。但李卓吾认为，正是因其职责所在，故而任命“正其义不谋其利者”乃是非常正确的人事安排。

胶西王虽然幼不成器，但因为董仲舒是大儒，便以尊厚的礼遇相待。不久胶西王便因病辞职，从而免去了性命之忧。刘瑞病逝后，因为没有儿子，朝廷便除去他的封地并收归国家。

中国历史的细节实际上很丰富，但解释被记录的碎片化的史实，一定要慎之又慎。对于主父偃的死刑判决和董仲舒的人事调动等事情的评价，除了司马迁的洞见之外还有李卓吾的见解。但因李卓吾是一位特立独行的人物，因而将他的思考一概归为异见也是常有的。

在关于公孙弘的评价方面，李卓吾与司马迁是对立的。但李卓吾在反对《汉书》中对司马迁的批评时也对司马迁给予了很大的辩护。

班固在《汉书》中曾评价司马迁：“是非颇谬于圣人，论大道则先黄老而后六经，序游侠则退处士而进奸雄，述货殖则崇势利而羞贱贫，此其蔽也。予按，此正是迁之微意。”

确实，司马迁的《史记》有浓厚的老庄哲学的气息，与之相对的儒教色彩却很少。明明是游侠传，却未写未做官而在外的文人（处士）的传记。虽为实业家立传，却从中可以读出来一种趋炎附势耻于贫贱的感觉。另外班固对他描写奸雄时的笔触也颇为不满。

历史评论中孰是孰非，人们各执一词、众说纷纭。

李卓吾认为，“若不以圣人是非为是非，因圣人是非已在故”，对班固对司马迁的批判进行了驳论。

西汉司马相如喜欢上四川一位财主的女儿卓文君，两者相爱后私奔。若严格遵循儒教伦理约束，两人流亡私奔的行为定是要受到抨击的。虽然司马相如的文章很好，但他注定会被评价为品行不端。

对此，李卓吾则对私奔的行为大加称赞。卓文君向父亲祈求默许同意同司马相如的姻亲之事虽不应当被允许，但其直率是应当被肯定的。

李卓吾击人之虚的文章风格确实奇特，其文章行文也极为奔放。与此一样，他的性格也是与众不同。“他的叙述洗却了流于事物表面的淤泥，从而发现问题的本质。尘世中那些将自身涂满淤泥之人面对李卓吾应当是感到非常的无地自容吧。”

李卓吾到50多岁一直为官从政。担任府知事的他处事异于常人，故而仕途并不顺利。辞职之后作为评论者更是率直随性，虽然他不贪恋权力只求归隐山林，但最终也没能免于迫害。

李卓吾被同僚张问达弹劾并被逮捕入狱时已经是76岁高龄。在张问达向皇帝上奏的弹劾信中，李卓吾支持司马相如私奔的事也被作为罪状列入其中。

不论在什么时代，处事不拘一格的特立独行者都过着艰难的生活。但作为特立独行之人，身处世间不管怎样都要保持一颗赤诚的初心。

方士的故乡

日本和中国在19世纪后半叶都曾实行过闭关锁国的政策，当时仅有日本的长崎和中国的广州分别作为各自的贸易窗口进行少量的对外交易。无论是长崎还是广州都离当时的政治中心江户和北京很远，但即使地处一隅却依旧被人熟知。

长崎是只允许同荷兰和中国进行交易的地方，被称为“唐船”的荷兰东印度公司的商船便是在浙江省宁波起航进入长崎的港口。而广州虽然曾经一度开放，但交易者并非政府而是被俗称为“民间十三行”的贸易商，在背后监督他们的是相当于日本大藏省的户部。

如果想从日本去中国的话可以乘坐被派遣到广州的贸易船。虽然在长崎有去中国的船只，但广州的码头从未出现过日本船只的身影。有中国船到长崎但没有日本船到广州这种奇怪的贸易关系一直持续到明治时期。

明治六年（1873），日本和中国（当时是清朝）之间缔结了条约。条约中虽然相互认可领事裁判权，但却不承认对方的最惠国待遇，是一部极为奇怪的条约。不过这部条约行文格调却是非常高。

为签订条约而赴北京的外务卿副岛种臣的任务不得不说是有些困难。当时副岛外务卿肩负的是同清朝交涉琉球的渔民漂流到台湾并被原住民杀害的事件，同时还要庆祝大清皇帝结婚。最终几经周折，两国还是交换了批准书，根据近代国际法开始了国家间的交往，时逢当年的四月三十日。

现在一般使用的是如“国家邦交正常化”或“国家邦交恢复”等用语，而在当时使用“国交开始”的表达方式也许更为恰当。

在当时的日本，修习中国的经典、通晓中国的历史是必备的教养，虽然仅限于一部分阶层，但他们却都是日本的指导者。而对于当时的中国人来说，日本还是个并不熟悉的国家，可称得上通晓日本历史的中国人更是寥寥无几。19世纪后半叶，中国人对于日本的“日本知识”处于一知半解的程度，也许住在沿海的人常从他们的长辈那里听到一些关于倭寇的故事，日本在这些故事中大概是一种奇怪的存在吧。

在谈到与日本相关的事情时，中国也一定会先提及徐福的故事，或许徐福在中国的知名度要比在日本更高一些。

徐福是会使用方术的方士，而方术则是超出人类常识的数术。因此，根据立场的不同也有人将其称作妖术或是仙术，其中包括卜筮、占验、星相、祈祷，甚至还有医术。在现代人看来，将医术和卜筮相提并论未免有些奇怪，但对于古人来说，能够拯救生命垂危的病人的能力一定是属于某一种奇怪的法术。因而，作为掌握这种不可思议的法术的人，在受人惧怕的同时也受人爱戴。

在古代，科学和迷信是被微妙地混合在一起的。在医术中既有科学的治疗方法，也有迷信的处理手段。例如，星相就是兼备天体观测的科学，甚至卜筮也一定程度上运用了统计学的初等知识。

《史记》中徐福是以徐市的名字出现的，因为徐福更为人熟知故而被承袭下来。徐福是齐人，住在现在的山东省。秦始皇二十八年（前219），始皇帝在山东海边的琅琊修筑天台并立下刻石，其碑文盛赞秦朝的荣德。那之后，始皇帝又在这停留了三个月。徐福上书也正是在这一时期。

始皇帝一心求仙，能找到仙人就能拥有长生不老的仙药。徐福上书："言海中有三神山，名曰蓬莱、方丈、瀛洲，仙人居之。请得斋戒，与童男女求之。”

天下统一，现世的欲望基本已经满足，若始皇帝年老死去的话就同凡人一样了，因而他对长生不老的憧憬极为强烈。普通凡人想求得长生不老的仙药似乎是痴人说梦，但对于始皇帝则有可能将其实现。

始皇帝为徐福找了数千名童男童女，让徐福带领他们习修仙术。作为报酬，徐福得到了巨额的金银财宝，也有一种说法是徐福的最终目标就是这些财宝。在以人为生产力主体的时代，除金银之外，提供给徐福的数千童男童女也算得上是一大笔财产了。

现在并不能知道徐福是否真的是以寻找海上的三座仙山为目的而出发的。琅琊位于山东百道南部，从此处出发应当会漂至朝鲜半岛的南部或日本九州。然而，徐福似乎并没有展开大航海行动的意思。

徐福以“虽然可以得到蓬莱岛上的仙药，但总是为大鲛鱼所阻碍而无法抵达。无论如何请派遣善射（擅长用弓箭的名人）同行”为借口，不断地拖延出发时间。

在《史记》中并未记载始皇帝是否允许善射同行，但徐福的这一借口是在秦始皇三十七年（前210）提出的，这时距离他之前的上书已经过去了九年。而且，这一年正是始皇帝驾崩之年。因始皇帝是在从琅琊返回的途中驾崩，即便是允许善射一同前往也难以落实了，因为天下再一次燃起了战火。

有一种说法认为，徐福对乱世深感无望从而打算到东海去开辟新天地，但如果这样的话，需要想出一个即使始皇帝死了依然可以如期被实行的计划。在徐福拖延时间的这九年间，自然而然地积累起了许多的金银财宝。更为有趣的是，徐福带着这些财宝和童男童女一起抵达了日本的熊野。这真是让人难以忘怀的浪漫故事。

被始皇帝托付制作和寻找神药的人不只徐福一人。除徐福之外在《史记》中还能看到韩终、侯公、石生等人的名字。听命于独裁皇帝的指挥并不是件容易的事，可谓伴君如伴虎。在秦朝的法律中，有“不得兼方，不验辄死”的规定。

方士不被允许兼有两种以上的法术，如兼医术和卜筮术是不被允许的。这样严格的专业限制能使得技艺更加精湛。但同时“不验辄死”又极为残忍，受命于秦始皇的方士们没有多余的借口，如果方术不灵验则会被立刻处死。

各种辩解方法都用尽后，卢生和侯生（也许和侯公是同一人？）这两位方士逃亡了。始皇帝大怒，便开始严格审讯他们的同僚。因接受审讯的这些人都脱不了干系，便将拘捕的460余人处以活埋之刑。

虽然焚书坑儒经常被连在一起使用，但焚书和坑儒是区别开来的。根据李斯的献言，秦始皇三十四年，医药、卜筮、园艺以外的书籍，特别是与儒学有关的书都被烧毁了。次年，还把儒生活埋在大坑中。在焚书的同时，众多儒生被流放。被活埋的儒生在《史记》中被记载为“诸生”。诸生中有很多方士，所以坑儒并不是很准确的说法。遇难的不仅是儒生，更多的还有文学方术之士。在这种情况下，始皇帝曾说：“吾前收天下书不中用者尽去之。悉召文学方术士甚众，欲以兴太平，方士欲练以求奇药。今闻韩众去不报，徐市等费以巨万计，终不得药，徒奸利相告日闻。”

此处出现了徐福的名字。始皇帝并不是愚蠢之辈，他不仅曾暗中观察这些从他那里得到巨额财宝的方士的言行，还曾听闻有人报告方士“奸利”的行为。以航海为目标的徐福没有前往国都咸阳而自然而然地来到琅琊的海边。也正是因为离国都很远，才没被卷入卢生和侯生的逃亡事件之中。但是接下来的问题是始皇帝的琅琊巡行。面对这种情况，如前所述，徐福以大鲛鱼为借口摆脱了这一险境。

方士都是利益熏心诓骗之徒，他们对平民并不关心。皇帝、诸侯、大富豪等都向方士求丹，始皇帝是这样，汉武帝也是如此。

汉武帝最初认为李少君是值得信任的方士并予以优待。虽然李少君死了，但武帝认为他并没有死，而是化作了神仙。紧接着被武帝起用的方士是齐国人少翁。这时武帝心爱的王夫人死了，少翁从彼世召唤她并在武帝面前现身，动用了一些法术后那个女人的身影模模糊糊地出现在了帷帘之外。武帝于是任命少翁为文成将军。但文成将军少翁因过于急躁而露出了马脚，最后被武帝杀死。他还让牛吃下写有文字的布帛后向武帝报告此牛腹中有奇物，待杀掉牛后将牛解剖，果真取出了带有文字的布帛。但调查其上笔迹后发现，实际上是人造之物。武帝怕此事传出去被人耻笑，故而没有将此事公开。

后来，一位名为栾大的方士被推荐到武帝面前，他曾和文成将军少翁在同一位师父那里拜师学艺。栾大是一位身材魁梧长相俊秀的男人。武帝把长女许给他做妻子，并赐他五利将军的称号。五利将军住在大邸宅，满屋子的金银珠宝，另有上千名仆人为他效劳。就连天子也曾拜访五利将军的邸宅。方士同僚纷纷说，“如果那个家伙能行的话，那我也能行。”

《史记》中记载：而海上燕齐之间，莫不扼腕而自言有禁方，能神仙矣。

燕（河北）和齐（山东）的海边，没有谁不扼腕声称自己掌握禁方（秘密的方术），具有神仙的法术。

栾大的出身并不清楚，少翁是齐国人，与徐福是同乡。方士卢生是燕国人，经前所述，栾大的成功令燕国和齐国的方士纷纷妒忌，从河北到山东的海岸地方更是直接被称为方士的故乡。

在海滨之地时常会出现海市蜃楼现象。因为目击到不可思议的现象，所以人们都相信这个地方有神仙。因为有人相信神仙存在，所以经常会出现一些自称“方士”的神秘的技艺学习者。按照这种说法，也可以说海市蜃楼是方士用仙术变出来的。

但不可思议的自然现象不仅仅限于海上的海市蜃楼，同样的情景在山中和沙漠中也会出现。当风吹动沙丘时有像军队行进的声音出现，玄奘法师也曾在沙漠中听到过如妖魔军的阵鼓声。此外，在云烟生起霞光笼罩的山林中，同神仙联系在一起的怪现象应该并不少见。

历代的史书中一定有篇名为“隐逸传”的部分，记载了没有做官的贤人们的事迹，但其中为方士立传的部分并不多见。最初撰写的《方术列传》为《后汉书》中所记载的34个方士的略传，现在我们通过《后汉书》对方士的户籍进行探讨。

令人意外的是，河南的方士有很多。从《费长房传》看来，汝南每年都会出现“魅”（妖怪），化装成正装太守敲击官吏所的太鼓。费长房制伏了鬼怪，它的本体是一只甲鱼。

《后汉书》的34位方士中出身不详的有4人。虽出身不明才有点像方士，但四个人确实有些少了。在祖籍明确的30人中，以汝南为中心的地方有八人，紧接着是蜀郡为中心的四川。在汝南活跃的是像甲鱼一样在水中的妖怪；而四川的地貌决定了那里的妖怪一般与山有关。在四川出生的方士有六人。从陕西进入四川的汉中地区到处都充满了浓郁的四川色彩。汉中出身的方士有两人（李郃和樊志张），再加上四川出身的方士，就达到了八人。汝南、四川的方士占了后汉方士总人数的近一半。

在曾经是方士故乡的山东却出人意料地仅有四人。

总的来说，方士的故乡主要分为山、河、海三组。汝南是在黄河和淮河水系混杂的地方；四川是在山上；山东则是在海边。会稽出身的两名方士（韩说和谢夷吾）因属于浙江海岸，与山东四人合在一起，海的一组便有六人。

《后汉书》中，《方士列传》以外的普通传记中也记述了擅长道术的人。张楷通晓《春秋》和《尚书》，精通方术，据说还能作法术唤出“五里云雾”。张楷的父亲张霸是官至会稽太守的人物。他出身蜀郡成都，也就是说是四川人。其去世时因为蜀道过于遥远，便留下遗言将他埋葬在他当时所处的土地上。因此，其儿子张楷可能年幼时在四川长大，后跟随父亲去了其所赴任的地方。张楷在四川出生并在海滨的会稽成长，故而才能创造出山与海综合的五里云雾的法术。

在《方士列传》中，像华佗这样的医术则必须加以区别。然而当时的医术或多或少都留有些法术的残存。

五斗米道

中国和日本在起名字的方式上有根本性的不同。日本把父母名字中的一个字用在孩子身上，在中国则并非这样。别说是父母，就连同族的前几代人的名字也必须要避开。听我的父亲说，在牌位中有一张记载了七代之前的祖先名字的纸，在给孩子起名字之时，通过看这张纸就能知道不能使用哪些字了。

我已经过世的第三个叔父户籍名是登波，在家里大家都叫他登溪。在出生办事处登记后，注意到有个曾祖父的堂兄弟名字里带有“波”字，虽然是很远的亲戚，还是必须避免用这个字。而且那位堂兄弟还在世，庆祝生日时可能还会过来，因此匆忙改名字叫“溪”。这样严苛的起名规则在今日也依旧发挥着作用。

身为臣子是绝对不能用皇帝名字的，这一点自不必多说。若是与皇帝即位前所起名字冲突的话，则臣子必须改名。例如，袁世凯的干儿子——清末的政客唐绍仪，其是在美国哥伦比亚大学留学过的人物，而宣统帝溥仪一即位他便把名字中的“仪”字改成了“怡”。后来清朝灭亡，他又换回了“仪”字。

这种改名的情况，从一开始只涉及人名发展到后来连地名也要改变的地步。清朝道光帝（1821—1850年在位）名为旻宁。他在位期间，浙江省的重要贸易港“宁波”改名为“甯波”。写文章时皇帝名字中的字要做到一画都不能少，必须要表现出对皇帝的敬意。在科举考试的答案中，如果不这样做的话，成绩再高也不会合格。

关于父母名字中的字，在魏晋南北朝时期有一次例外，加“之”字的可以予以避免，如被称为“书圣”的王羲之的五个儿子，玄之、凝之、徽之、操之、献之，都在名字后面加上“之”字。徽之的儿子是桢之；献之的儿子是静之。

关于这一点有很多种说法，最有力的说法称“之”字只不过是一个填上去的文字。例如，日本女性名字御松、御花、御千代等中的“御”字，仅仅是毫无意义的加字而已。同理，“之”也不应该被看作名字中的一部分。

从东汉到三国时期，名字基本上只有一个字。在那之前一字的名字也有很多，如汉的建国豪杰刘邦、项羽、张良、韩信、樊哙、范增、萧何、曹参等，大体都是一字之名。进入汉代后，霍去病、董仲舒、李广利、司马相如等，渐渐有两字的名字出现。但因王莽的“二名之禁”，禁止起两个字的名字，于是便又回到了一字名的状态。

文字虽然确实有很多，但能符合名字需求的汉字是很有限的。而且中国的姓氏与日本的不同，不像日本有那么多。所以，使用一字名，同名同姓的情况很多，造成不便也没有办法。于是便用别号加以区别，或者通过明示出生地避免混淆。在使用二字名的情况下，同名同姓概率应该会小很多，汉代二字名的数量增加也是有原因的。

而后来王莽强制实施“二名之禁”，使我们已经熟悉的《三国志》的出场人物大多是一字名。刘备、曹操、孙权、关羽、张飞、吕布、袁绍、刘表、诸葛亮等没有例外都是这样。

起一个字的名字是长期以来的常识，魏晋南北朝的两字名“之”是在一字名后加上的字。我想王羲之本来是王羲，他的儿子王献之本来是王献吧。

有一种说法，“之”字是道教团体五斗米道信徒的符号。如果父母、儿子、孙子均是信徒，那么大家就在名字后加上“之”字。

这种说法起源于东晋时代五斗米道的首领孙恩发起叛乱之时。五斗米道在十多年后被平定。然而，被杀的教徒中有很多人的名字带有“之”字，但叛军的首领孙恩和卢循两人名字中都没有“之”字。况且，因为平定叛乱的北府军大将刘牢之的名字中带有“之”字，所以这种说法就变得不可信了。

五斗米道是道教的一种。创始人为东汉人张陵，其生卒年不详，是沛国丰县（江苏省）人。沛县和丰县相邻，因为汉高祖刘邦出生于沛县，汉代时沛县升至与郡同格，丰县在它的管辖之下。

因为刘邦成为了皇帝，故而免除了故乡沛县的税和服役。刘邦虽在沛县出生，在丰县长大，但对丰县却没有特殊优惠政策，主要原因在于他在举兵起事时丰县并没有对他进行援助。但因为沛县与丰县作为临县，亲戚间的交往很多，为了沛县百姓生活更殷实，经过不断恳求，丰县也最终争取到了特殊的优惠政策。在这之后，丰县成为了皇室领地。因为有免税的特别待遇，这里比其他地方更为富裕，教育水平也更高。

张陵是太学的书生，进入蜀地（四川省）鹄鸣山学习长生之道，后来这座山被叫作鹤鸣山。成都府在被称为绝壁千寻的名山上，充满仙气。《后汉书》中记载，顺帝（126—144年在位）年间张陵去往蜀地，在鹄鸣山被天人传授“新出正一盟威之道”，由此治好了他的疾病。

我在本书的《方士的故乡》一文中曾提及《后汉书》的34名方士里关于出身被明记的30人，其中有八人是四川系。那时我认为五斗米道将四川作为根据地，这里稍微进行一些更正。

从张陵在顺帝时代进入蜀地来看，此时东汉建国已经超过一世纪了。东汉王朝未满200年，而且最后献帝的30余年实际上已经进入了三国时代，东汉的皇帝有名无实，因此张陵应该说是东汉末期的人物。东汉的方士影响力，从人数上看不可能有过大的评价。他进入蜀地之后，被传授天人之术。而他去蜀地之前，在四川被称为天人和仙人的人物已经有很多了，他去四川也许是为了从这些人身上学得仙术。

熟记了治疗疾病之术之后，张陵在鹄鸣山习得了半仙半医的精髓。他收到了五斗米作为治愈疾病的谢礼，所以他的道术被称为五斗米道。东汉的一斗大约是1.9升，仅仅比现在日本的一升多一点。斗酒辞别并不是喝一斗樽酒，而是喝一升瓶的酒。

张陵的传记记载得并不清楚。在他在世时五斗米道还未兴盛，五斗米道达到鼎盛时期是在张鲁时代。《三国志》中记载，张陵作道书，以此来迷惑百姓。道书是道教，也就是与老庄有关的著述，不过作的24篇道书现在失传了。他的字是辅汉，自称天师。五斗米道又名天师道，其中“天师”一词出自于《庄子》。

24这个数字在道教中似乎有特别的意义。汉代的制度中，十五日为一气，一个月为两气，一年为二十四气。从立春开始，雨水、惊蛰、春分、清明开始到冬至、小寒、大寒结束的二十四节气到现在还延续使用。曾经有汉高祖按照二十四节气修筑了24个祭坛以求得天下风调雨顺的传说。坛中修建草屋顶的建筑，称为二十四治，在唐朝佛教书《法苑珠林》中记载过这一情节。

从这看来，张陵应该说是有谋求天下野心的人物。张陵死后，儿子张衡继承了这一仙术，张衡道号为灵真。他因道行很深，被邀请做黄门侍郎，但后来辞退在杨平山中隐居。关于五斗米道的始祖和之后的继承者，后世的记述褒贬不一。负面的评价主要是从儒生的角度看仙术是迷惑百姓的妖术；正面评价则是从五斗米道相关的口耳相传和文献记载中流传出来的。

五斗米道传到了张陵孙子张鲁这一代时实现了飞速的发展。可以说是张鲁的手腕高明，也可以说是东汉末进入乱世使然。政治腐朽，饥荒病疫接连不断，各地盗贼四起，百姓苦不堪言。

在百姓感到痛苦的年代里，人们更倾向于追求精神生活。这时佛教还没有盛行，在洛阳建立的白马寺是为暂住在洛阳的信仰佛教的西域人建造的。东汉的宫廷虽然安置胡神（佛像），但宫廷中人并不信仰佛教，只不过是为了渲染异国风情，一般的平民连浮屠（佛教）都没有听过。

如果追求净化精神，比起装腔作势的士大夫，通过咒术和祈祷方式除去现实的疾苦的道教更易于被人们接受。道教规模渐渐庞大，形成了有烦恼的人寻求救济的集团。

与西面四川的五斗米道相对，在东面以河北为中心有被称为太平道的道教大教会。他们通过反省罪过治疗疾病，是特别现实的宗教结社。太平道的源流可以追溯到东汉中期，组织教会的是东汉末期的张角，他自称大贤良师。

从发展时期来看，与五斗米道相比，太平道要更早一些。就像唐代杜甫的作品所表现出的那样，四川是一个一旦发生饥荒便会有很多人逃过来的富裕之地。饥荒和流行病频发的河北一带，烦恼的百姓有很多。张角有数十万的信徒，若被东汉朝廷发现，危险性自不必说，如果朝廷镇压，便会发生反抗。

太平道在184年揭竿而起。“苍天已死，黄天当立”是他们的口号。

在五行说中，汉通过木德得天下，下一个王者是通过土德得天下，以此类推。五行说中为木为青，土为黄。“汉已经不行了，接下来是我们的天下了。”太平道发出这样胆大不敬的宣言，他们开始用黄色头巾包裹头部。

这就是黄巾起义。他们讨伐东汉，最后变成军阀。

五斗米道从太平道学习借鉴了很多，但向权力伸出刀刃并不是容易的事。五斗米道的第三代教主张鲁，选择了向权力妥协。然而太过于妥协会丧失主动性，教会的存在会变得岌岌可危，而太过于自立则会面临被掌权力者注意到的危险，难以对抗镇压。取得两者之间的平衡才是最合理的。

当时四川的当权者是《三国志》中的刘焉。刘焉因畏惧五斗米道的势力，任命张鲁为督义司马。

任官后必须听从命令。刘焉命令张鲁与别部司马张修一同袭击汉中太守苏固，张鲁离开了蜀国根据地。《三国志》中记载，张鲁在和张修一起攻破了苏固之后，转而袭击张修，夺走了张修的部下。

有很多的注释认为张修是张鲁的部下，但我并不赞同。张修恐怕是被刘焉任命监视张鲁的。

张鲁认为五斗米道在刘焉治理下的蜀地已经没有未来，故而出于在汉中自立的考虑必须把刘焉的耳目张修杀死。

刘焉死后，他的儿子刘璋杀死了在蜀地的张鲁的母亲及其家室。据《后汉书》中记载，张鲁母亲是绝色的美女。

为了使五斗米道能继续存活，张鲁认为应该远离刘焉父子的所在地益州牧，为了教会的存续，必须牺牲母亲和亲族。

汉中在陕西南部，是通往四川的入口。在群雄割据的年代，这里好像处于各种力量关系的视线外，很安全。张鲁为了统治汉中这个小地方，必须建立新的行政机构。五斗米道如果能保持原有的组织形态便可以高枕无忧。新参加的信徒被称作“鬼卒”，指导者是祭酒，再往上是大祭酒和治头。治头是治馆的主干，治馆是在前文所述的被称作二十四治的坛上设置的草屋。

在五斗米道组织中，因为有这样的机构存在，统治起来很方便。五斗米道作为信仰组织的同时，也是相互扶助的组织。有称为义舍的福祉设施，不仅住宿免费，也可以在此饮食，这一点也许受到佛教的影响。

蜀国的刘璋没有向汉中出兵的实力，军阀混战也主要在长安附近而不在汉中。五斗米道的势力在安全地带进一步扩大，不仅信教人数增长，信仰理论也不断加深。祭酒为了教育鬼卒编写了文本，而且应该也创作了教义书。张鲁当时使用了老子的《想尔》。这一部书虽然是五斗米道的高级文献，但仅有书名流传至今。然而，20世纪初期，在敦煌的石窟寺发现了其残余的卷本，现在被收藏于大英博物馆。汉中的五斗米道在对百姓们进行物质与精神救助的同时，也不忘记重视学术风气的塑造。

但汉中并不总是安全地带。

蜀国的刘璋生性软弱没有权势，被刘备的军队所打败。蜀国归于刘备，并由以诸葛亮为首的贤人志士治理。而在北面，归顺于曹操的势力不断增加。

建安二十年（215），曹操出散关进军阳平关，张鲁立刻领兵投降于曹操。其弟张卫不愿投降，虽然率领数万士兵抵抗但仍被曹操击破。

在曹操临近攻打张鲁时，有人建议张鲁烧毁附近藏有财宝的仓库，但被他拒绝了，封存仓库归降曹操以表示自己的诚意。

曹操派降伏的张鲁做镇南将军并封为阆中侯，封张鲁的五个儿子及阎圃等人为列侯，并安排自己的儿子曹宇娶张鲁女儿为妻。这些行为可以看作曹操认同五斗米道的实力并采取怀柔政策吗？我认为曹操是看破了五斗米道的实力，认为其与曾经的太平道无二的缘故。

五斗米道作为民众的信仰源远流长，在汉中的和平年代通过加深对教理的研究，逐渐在士大夫阶层受到欢迎。

魏晋时期，虽然流行以竹林七贤为代表的“清谈”，但也离不开以老庄为基础的五斗米道的影子。

如前所述，在东晋时期也有与五斗米道相关者反叛的事件发生，但像曾经的太平道那样并不足以引起天下大乱。以五斗米道的历史看来，它尽可能地躲避政治冲突。

张鲁虽然把教会作为至上的存在，但可以说他在逐渐减弱五斗米道在信仰和结社方面的意义。而他的子孙在之后到江西成为教会的教主，不断推进教会的发展与繁荣。

元朝忽必烈时期，身处江西的张陵第三十六代子孙张宗演被尊崇为正一天师，受忽必烈起用，被赐予玉芙蓉，被允许统领江南道教，被赐予银印。

忽必烈让正一天师看祖师爷张陵所传下来的玉印和宝剑，并发出了“朝代更易已不知其几，而天师剑印传子若孙尚至今日。其果有神明之相矣乎”的感叹。

以生存为第一的五斗米道似乎确实是成功地幸存下来了。宝剑和玉印虽很好，但其最为核心的部分又是否流传了下来呢？

敬神之日

在鸦片战争中扮演重要角色的林则徐的日记颇为有趣。他在武昌就任湖广（湖北和湖南）总督的道光十八年（1838）正月的日记中记载了他于一日曾在神前和祖先前敬香，之后前往万寿宫举行了庆贺之礼，后又紧接着到文庙烧线香的事情。这一进香的行为也被称作“行香”。

文庙即是孔子庙，林则徐作为进士出身的文官，在正月第一天自然要先去祭拜文庙。不仅是正月第一天，若是没有其他的琐事，每月一日都要前去文庙“行香”。

这一年林则徐从正月到除夕的日记全都被保留了下来。总督级别的高级官员的生活是怎样的，我饶有兴致地想了解更详细些。而且从另一个侧面来说，了解这些内容对写历史小说大有帮助。

这一年农历有两个四月，故而这一年一共有十三个月。

在每月一日的日记中，就好像是被规定好了似的记载着“黎明诣文庙行香”。

林则徐在八月初一要去岳州进行堤防工事的修筑，故而未能前往文庙。在十月初一的“黎明诣文庙行香”的六日后，即十月初七，他被诏令进京。关于鸦片的问题皇帝向大臣们询问了具体的对策，而林则徐提出的建议是最符合皇帝的胃口的。在北京初露头角的林则徐作为钦差大臣为解决鸦片问题被派遣到广东，不过这是后话了。林则徐在十月十一离开武昌，因为十月初十是皇太后的诞辰，林则徐在准备好贺礼后方才动身启程，到北京时已经是十一月初十了。从武昌到北京需要一个月，因而在旅途中的十一月初一他没有前往拜谒文庙。在北京停留了十多天后，他于十一月二十三从正阳门出发，经过彰仪门向南进发前往广东赴任，因而在十二月初一这一天因旅途耽搁又没能参拜文庙。这一年的十三个月中仅有三个月因人在旅途而未能拜谒文庙。

书归正传，林则徐在正月初二的日记中记载：“晴。出诣玉皇庙、文昌宫、武庙、火神、龙神、八蜡、刘猛将军处行香，巳刻回。”

虽说是巳刻，因为是上午十点左右，这一天的神诣当是从清早开始。

林则徐首先前往的是玉皇庙，在那里祭拜了被誉为道教最高神的玉皇大帝。道教有很多神灵，这些神灵间有着类似于现在所说的阶级。位于金字塔顶端的是玉皇大帝。最初，老子被尊奉为太上老君，并被赐予了最高的地位，同时也作为地位最高的元始天尊。时代和地方的流派不同，最高神也各不相同。因为道教认为世界的根源是虚无，故而太上老君和元始天尊受到了破格的待遇，与混沌的虚无融为一体。而在神的世界统御诸神的则是在现实世界中具有极高地位的玉皇大帝。

南北朝时期并没有出现玉皇大帝，在诗文中出现玉皇大帝是中唐时期的事。韩愈在《华山女》中提及了佛教和道教，其中有一句为“玉皇颔首许归去”。

同时代的韦应物、王建、元稹等人的诗中也常看到玉皇大帝作为最高级别的神仙出现。

唐朝皇室被视为老子的后裔，虽然同是李姓，但并没有什么直接的依据。然而，历代的皇帝却都这样主张。宫中席次就是“道先僧后”，即道士的地位在僧侣之上。太宗李世民仅仅因为认为老子是自己的先祖便规定了“道先僧后”。虽然这个序列同两教的优劣并没有什么关系，但被佛教相关的文献进行了记录。《旧唐书》中也记载了太宗皇帝对侍臣表达“神仙事本虚妄，空有其名”的态度。从中不难看出，太宗毫无疑问对祖先抱有极大的敬意，但是其心中却认为道教一类的东西实在是虚无缥缈。

清朝皇室信仰喇嘛教，历代皇帝中没有特别狂热的信徒，因此宗教基本上并不会对政治造成影响。总的说来这是一个道教色彩浓郁并混合诸教风气的时代。

正月第一天林则徐去参拜的是儒教至圣孔子的文庙，紧接着初二去祭祀道教最高神玉皇大帝的玉皇庙。这个顺序可以说是非常的妥当了。林则徐日记中所记载的参拜神庙的顺序也许并非是按照重要性进行安排的，根据这些寺庙分散在武昌城中的位置可以推测他有可能是顺路参拜，也说不定是按照这个顺序记录的。

玉皇庙接下来是文昌宫。虽然是祭祀文昌帝君的地方，但庙、宫、祠的用法似乎完全没有区别。我故乡是台湾的一个小城，城里也有文昌祠，在那里文昌帝君一般俗称为梓潼君。因为是掌管文章和学问的神灵，自然在保佑考试合格方面很灵验，就像日本的天神一样。参加科举考试的书生通常会在文昌宫中祈祷考试顺利通过，而且在合格之后也不会忘记还愿。林则徐年纪轻轻便能通过进士考试，可以说是深受文昌宫的恩惠。

文昌最初是星宿的名字。根据《史记》天官书的记载，文昌星是由上将、次将、贵相、司命、司中和司禄六颗星组成。经常在文昌庙中出现的“文昌司命”是以第四颗星司命为名而命名的。因其是抓住命运的星星，故而人们常向它祈求幸运，当然，考试合格也是幸运的一种。

据说，幸运的文昌星变换成各种形态下凡到人间各处给人们带来好运。传闻周公帐下的张挥就是会医术的文昌星。前秦苻坚的将军姚苌在到达其就任之地蜀国的梓潼时，听到了空中传来的神的旨意，“回去秦国，秦国无主，君为秦之主”。姚苌询问神仙之名，神自称为“张恶子”。姚苌在返回长安后便将主人苻坚杀掉，从而建立后秦王朝，并自立为皇帝，而后姚苌在梓潼建立了张相公庙。文昌庙中供奉的是梓潼君，文昌庙是梓潼帝君之庙这样的说法便起源于这个故事吧。

继文昌宫之后，林则徐前往武庙参拜。武庙祭祀武神关羽，一般被称作关帝庙。关羽是蜀汉的武将，在襄阳太守任内时曾与曹操和孙权作战，在建安二十四年（219）被捕并被杀害，是一个充满悲剧性的人物。中国的百姓在同情他的同时，也尊崇他那含怨而死的猛将的亡灵。攻打关羽的是吴国大将吕蒙和他的副将孙皎。关羽被斩首不久后他二人就相继身亡了，在关羽的头被送到洛阳之后曹操也随之去世，人人都相信这是有怨灵的缘故。也许出于对怨灵的尊崇，同时也是为了让其安宁，故而修建了祭祀关羽的祠堂。

不知何故，关羽被作为商业之神供奉了起来。因关羽是有信义之人，且商人也必须要注重信义，故而与理想形象相近的他被选为了商业之神。虽然关羽在民间被视为可使商业兴旺的神明，但正确来讲关羽应当是武神。

清朝认为其建国受到了关羽圣灵的护佑，因而特别尊崇关羽。每个县都必须修建一座关帝庙，这一时期在民间修建的关帝庙不胜枚举。

每月的初一到十五是祭拜的日子。林则徐在武昌停留期间大约是初一去文庙，十五去武庙。道光十八年（1838）正月，新年的缘故初二已经祭拜武庙了，但他在十五还是再一次去了武庙行香。之后的二月十五也去拜谒了武庙。但三月和四月这两个月的十五，他分别去了农坛和社稷坛。他应当是担心三月连绵不断的雨影响农事，故而要去先农坛和社稷坛祈愿，而祈求农业风调雨顺与武神关羽并不太相称。

闰四月十五林则徐拜谒了武帝庙。五月和六月也一样。七月因为要坐船去视察堤防工事故而未能前往参拜。然而八月十五的日记记载他并未前往武庙，而是去了关帝庙。在武昌周边有几座武帝庙，他经常在日记中写的武庙恐怕是官办的关帝庙。在八月特别记载的关帝庙应当是其他的地方。九月十五就又回到了之前的武庙。十月因处于被召见在进京的途中，故而也没能去祭拜庙宇。十一月初十到达北京后，从第二日开始就接连进宫，直到十一月十五日被任命为钦差大臣。在这一天的日记中，记载了因奉谕旨受领钦差大臣的关防印信（证明身份权限的印章），并没有去祭拜庙宇。但基本上可以确定他在这一天为关帝庙供奉了香火。因为他在北京安顿的地方就在东华门外的烧酒胡同的关帝庙，在关帝庙里住宿一晚而不上香是不可能的。

在同年的十二月十五，他因重大任务火速前往广州，当时已经进入安徽省地界了。

到翌年正月初二，林则徐在玉皇庙、文昌宫、武庙之后拜祭了火神和龙神。在中国火神是神话中的祝融，在诗文中常将北京琉璃厂的火神庙称为祝融庙。琉璃厂在成为贩卖书籍和古董的商业街之前曾是烧制琉璃瓦的窑场，火是烧窑业的生命，故而祭祀火神是极为正常的。也有一种说法是，在建成书店街之后首当其冲要做的就是避免火灾，因而建立起了火神庙。

龙神是水神，林则徐时常向火神和水神祈祷不发生大火和水患。当时如有大火或水患，当地长官要负重要责任。在龙神之外，也有被称作“八蜡”的八种与农业有关的神明。这八神分别是先啬、司啬、农、邮表畷、猫虎、坊、水庸和昆虫。农业是国之根本，从政的人片刻也不能忘记农业。

刘猛将军是预防蝗灾之神的名字。农作物的天敌是蝗虫，蝗虫成群地飞过，太阳也被遮蔽，天空变得昏暗。蝗虫飞过的地方农作物被吃得一片狼藉，不留一点绿色。在史书中经常能看到“有虫害”的记录，对于农民来说，没有什么比蝗虫更可怕的东西了。预防虫害的刘猛将军究竟是什么样的人物呢？作为刘猛的原型，有说法认为是元朝率领军队驱逐蝗虫的刘锐将军，也有人认为是宋朝的刘锜。

中国农村曾有将蝗虫视为神圣之物的习俗，所以不能杀蝗虫。但这样的迷信导致看到了也不能杀死它们，反而助长了虫害。

林则徐的参拜活动并没有止步于该年正月初二。他在初四的日记中记载：“黎明出诣天后宫、洞庭庙、江神、城隍及风、云、雷、雨诸神前行香。”至于为何初三没有去参拜，原因是那一天是乾隆的忌日，不能去祭拜庙。

天后在福建被称为妈祖，是海的女神，也被尊称为天上的圣母。因为她是真实存在的人物，有的说是官员的女儿，也有的说她说是渔夫的女儿。她在28岁时升天后作为天上圣母继续降示奇迹，因此历代朝廷都追赠她封号。从夫人到天妃，再到天后。明朝郑和大航海时，船只在起航前祭祀的就是天妃。清康熙二十三年（1864）作为册封使前往琉球赴任的汪揖虽然在途中遭遇了海难，但通过天上圣母的神助九死一生，他后来将此事上奏给了朝廷。据说郑成功死后不久，清军在与退到台湾的郑家进行作战时，天上圣母也屡显灵力，因而清朝册封她为“护国庇民昭灵显应仁慈天后”。

从天妃晋升到天后之后，航海者、渔业者乃至渡海的外地人都成为了天后的信徒。特别在福建，崇拜天后非常盛行。林则徐正巧也是福建出身，而且据说天后在俗世时和他一样都姓林。

林则徐在其他日子的日记中也有记载“福建会馆天后宫”，天后宫或许就建立在福建同乡会的会馆之中。

洞庭庙当然是祭祀洞庭湖神灵的庙宇。据说，洞庭湖中有龙神，龙王的女儿在人间曾化作柳毅妻子的故事在唐朝一度成为传奇。另外，江神是长江的神灵。为了防止江水泛滥，人们向湖神和江神祈愿。

城隍庙被认为是供奉管理行政及司法的神灵。虽然神的名字为城隍爷，但像天后（妈祖）一样并不是一个人。无论是府、县、市、街都有城隍爷，为祭祀他们而设立了城隍庙。城隍爷是由玉皇大帝任命的阴界官员，专门负责人间善恶之记录、通报，死者亡灵审判和移送等事项。

道光十九年（1839）时常下雨，虽然在没有雨的时候会求雨，但如果雨下得过多的话就会转而“祈晴”。从三月十二到十四，林则徐接连三日在黎明时奔赴城隍庙去祈求晴天。拜他心地虔诚所赐天气终于转晴了。仅仅在十七、十八两日稍微有些降雨。但因二十六日又下了一整天的雨，故而二十七日他再次在黎明时分向城隍庙祈求晴天。也许是他精诚所至，第二天天气转晴，但两天后再次多云。四月初七开始接连几日林则徐都在祈求晴天的到来。其中，初七、初八、初九三日是去城隍庙；十日到十二日则去了社稷坛；十五日起又在黎明时分祭拜了三天社稷坛；十七日的下午大放晴之后，天气便逐渐稳定下来了。

在有需要的时候向神灵请求帮助，即便是林则徐也是如此。祈晴之后要“谢晴”——就天气转晴一事前去庙宇祭拜。

日记中载，正月初四，除了拜谒天后宫、洞庭庙、江神、城隍之外，林则徐还给给风神、云神、雷神、雨神敬了香。林则徐在当月初八再一次前往天后宫。因为这天的日记中有“早晨渡江”的记载，因而当日所拜谒的天后宫并不是武昌的天后宫，推测可知应当在对岸的汉口。第二天因是玉皇大帝的诞辰，故而没有出门，在自己家中进行了祭拜。

作为最高神的玉皇大帝拥有生日，颇有一种亲近民间的亲近感。在台湾很多人称玉皇大帝为“天公”，故而其诞辰日被称为“天公生”。因为玉皇大帝经常在天上，关于人间的事就都由他的诸神部下向其报告。其中距离人间最近的神是灶神，因诸神在每年的十二月二十四将情况上报天庭，因此在那一天人们都在灶台上涂上蜜，以期与灶神结下缘分，从而获得较为良好的报告。

以灶神为中心，玉皇大帝部下诸神在报告结束后于正月初四再次下界。人们在纸上画马的图案然后烧掉以作为诸神下凡时乘坐的道具。这样做的话，诸神便会在下次会进行对他们更加有利的报告。

林则徐在正月初四的日记中所记载的“晚接喜神”便是指这件事，其他年份的这一天也有“是晚迎神”的记事。

清代官僚也敬拜诸神，非常繁忙，因为有一半的成分是在行公事，因此不敢怠慢。试着读林则徐的日记，可以发现很多外出参拜的记载。其中出于家庭原因而去敬拜诸神的日程也是惊人的多。

回族小考

中国究竟有多少回族，至今尚没有确切的数字。曾经有粗略的估计，中国的回族占据世界回族总数的十分之一和中国总人口数的近十分之一。如今若以相同的百分比来看的话，这确实已经不是一个小数目了。

1973年，我从北京坐汽车去新疆乌鲁木齐，花费了三天多的时间。在列车上贩卖的便当并不像日本那样是已经包装好了的成品，而是向列车员预约，想要便当的人在支付现金后会得到一张卡片，厨房按照订购的数量进行制作。这种不会造成浪费的制度确实非常合理。包装便当的不是一次性餐盒而是铝制的饭盒，吃过后容器会被回收。有趣的是，在预约时一定要确认一下是否是回族。在去乌鲁木齐的路上回族乘客有很多，所以列车的厨房分回族用和非回族用两种，在预约卡和饭券上会有区分两种便当的标记。

早先来自阿拉伯及波斯的商人和航海者从广东的广州、福建、泉州登陆，在那里安营扎寨，开始修建礼拜堂。因他们的人数众多，故而逐渐对当地的汉族产生很大影响，出现了很多的改宗者（将民族改为回族的汉族）。

唐朝初期的波斯人信仰波斯教（在中国称为祆教），最后伊朗逐渐被伊斯兰化。萨珊王朝在642年全面屈服于伊斯兰势力，此后迅速被伊斯兰化，与伊斯兰相对抗的势力就如同帕鲁西族一样，为故国所驱逐。

说起中国的回族，无论是谁都会联想到新疆、甘肃、宁夏这些西北地区。确实，西北地区的回族人数很多。中国西北部的伊斯兰化是从10世纪后半叶的宋朝开始的。在新疆一带居住着信奉佛教和摩尼教的回纥族，逐渐都改信伊斯兰教。

被蒙古族所支配的元朝为了改善蒙古族自身群体人数不足的问题，且为了防止数量呈压倒性的汉族进出，便吸收了很多西域的色目人。他们当中擅长从商且有卓越处理事务能力的色目人大部分都是穆斯林。他们不仅在新疆和甘肃地区，也在其他地方扎下了根。例如，就有云南的回族来源于元代移居者这一说法。

因为元代是有意识地吸收穆斯林，很多穆斯林便因此而活跃在历史的舞台——世祖忽必烈时的宰相阿合马可以说就是其中的一个代表。

伴随着元朝的灭亡，色目人也基本上从历史舞台上消失了。当然，虽然他们隐退于历史的舞台上，但他们并没有完全无影无踪。

元末天下大乱，在各地兴起的造反军队为了聚集更多的人，多以宗教为其表现形式。其中规模最大的就是白莲教，明太祖也深受白莲教的影响。从色目人的立场来看，虽然优待自己的元朝政权继续当政无疑是有利的，但因为元朝已经丧失了管理能力，因此他们自己不得不再重新振作起来。《元史》中记载，赛甫丁和阿迷里丁在福建泉州发动了叛乱。

若是叫赛甫丁和阿迷里丁的话很容易就能知道其为回族，但若是常遇春和汤和这样的名字就很难区分了。在明代兴盛起了一股回族取汉族名字的风气，其中使用最多的是“马”这个姓氏。

为永乐帝效力，七次出使航海的太监郑和是于云南出生的穆斯林，他最初的姓氏就是马。永乐二年（1404）他被提拔至太监时，皇帝写下了“郑”字，并称“此即是汝姓氏”。明王朝的皇室的姓氏是朱，之后明皇室赐予“朱”姓给郑成功，故而他也被称为“国姓爷”，这是非常正式的赐名。

根据郑和的十二世孙妇墓碑记载，他的远祖是咸阳王。郑和明明是宦官，为什么会有子嗣呢？在那个年代，宦官可以收养子嗣，故而他收养了其哥哥马文铭的儿子，这个孩子便以郑为姓。

咸阳王是元朝被加封的王爷，据说他的原名为赛典赤·赡思丁。根据《新元史》的记载，他是名为“乌马儿”的回族人。作为别安伯尔（Peigambar，即预言家）的后裔，其名字“赛典赤”在其国家的语言中有“贵族”的含义。成吉思汗西征时，他曾率领千匹坐骑戎马倥偬，在其麾下立下远征从军的功绩。别安伯尔是其后裔为其命的名字，在史书中仅记载其是回族人，并未写明其在何处归顺成吉思汗，不过那应当是在西域的某个地方吧。

世祖忽必烈中统二年（1261），瞻思丁被任命为中书平章政事。平章政事是与丞相并齐的从一品高官。元至元十一年（1274），他去云南赴任，在那里居住六年后去世，享年69岁。

百姓，哭巷。

虽然是经常使用的词语，但史书中的确是这样描写瞻思丁去世时的场景。越南的交趾王也派遣了12名使节去参加他的葬礼。

当时云南人民的生活水平很低，也不懂礼仪，更没有多少读书人。瞻思丁亲自教给百姓打招呼的方法、婚姻的顺序、农耕之事、葬礼次序等。

值得玩味的是，瞻思丁在当地修建了孔子庙，并设立明伦堂。此外，为了维持学校经费，他还发明了学田制度。虽然他是穆斯林，但他在作为地方长官进行统治方面善用儒学。恐怕他并没有考虑把儒学视为宗教，而是将其看作一种人伦秩序。瞻思丁去世后被追赠咸阳王的称号。

在瞻思丁去世后，他为维持学校经费开支设立的学田被大德寺占据，瞻思丁的儿子忽辛去云南赴任，并将学田夺回，其经历被记入《元史·忽辛传》之中。忽辛在父亲去世后五年做了两件事：一件是在1284年就任云南路转运史；另一件是在成宗大德九年（1305）担任云南行省右丞。他前去云南赴任的事应当是前者。

另有一位名为瞻思的元朝人，是瞻思丁的上一代人，可以推测他是在瞻思丁去世的地方出生。瞻思是大食人，即阿拉伯人。他为元朝效力。虽说他说是阿拉伯人，但他的本籍是在河北省的真定市（今正定市）。

受父亲的影响瞻思从幼年开始研习儒学。据说他在九岁时每天要背一千句四书五经中的内容。

瞻思的祖籍真定是生活在元朝初期的金的遗臣诗人元好问居住的地方，瞻思取经学习恐怕或多或少也受到元好问的熏陶吧。这样来看的话，瞻思算得上是元好问的孙弟子。到至正十一年（1351）74岁去世为止，他一共留下了《西国图经》《老庄精诣》《西域异人传》《河防通议》等诸多著作。现在流传的仅有《河防通议》两卷，被收录于《永乐大典》中。

除此之外，维吾尔族的廉希宪、在杭州住的色目人沙班等都是来自西域的儒者。

在元朝被人熟知的作为儒者的基督徒有马祖常和阔里吉思等人。

话说回来，在云南去世的瞻思丁有五个儿子，前面已经提到过，其中忽辛从寺院收回了父亲设立的学田。长男是跟随皇太子去交趾远征，在之后成为了陕西行省平章政事的纳速剌丁；次子是哈散；老三是忽辛；排行第四的是苫速丁兀默里；末子是马速忽，以马姓自称似乎就是从他开始的。马速忽儿子的名字不得而知，他的孙子名叫马拜颜，马拜颜是郑和的曾祖父。

郑和的祖父叫马哈只，郑和的父亲也叫马哈只。郑和的父亲马哈只的碑文上写有“公字哈只，姓马氏，世为云南昆阳州人。祖拜颜，姓马氏，父哈只，母温氏”。

碑文是李志刚撰写的，于永乐三年（1405）被修建起来，故而很长一段时间没有人注意到它。最终在1894年被确定为这是郑和的父亲的墓碑。

父亲和祖父同名是很奇怪的，虽然远祖是西域人，但瞻思丁也是有名的儒学者，其子孙中儿子与父亲用完全一样的名字是不合乎儒学伦理的。但如果将其理解为称号的话那就没有什么奇怪的了。例如，父亲是总理，儿子也是总理，那么父子同样被称为某总理。

哈只是“Hadjdj”，其含义为“one who has performed the pilgrimage to Mecca”[1]，这是赋予到麦加巡礼的人的称号，对于穆斯林来说是至高无上的荣誉。在我家附近住着一位印度尼西亚籍的哈只，他无论是在印刷的名片上还是在门牌上都写明自己是哈只。

郑和的父亲和祖父看起来应该是不远万里到麦加巡礼的人。当时并不像现在这样坐飞机或者豪华巡礼船就能前往，

1　原文如此。

在当时为了巡礼要花费高昂的费用。从云南到阿拉伯的麦加非常远，因此父子两代人能去参加巡礼被郑家（赐名前是郑家，应该是马家）和云南的名门传为佳话。可以想到是父亲陪伴年轻的儿子去巡礼，这种情况很多。我在喀什尔艾提尕尔寺庙听说，大长老穆罕默德哈只就是在15岁时跟父亲一同前去麦加的。

穆斯林郑和的出身门第仍很模糊。他的远祖虽然是穆斯林但又是儒学者，并且其跟父亲一起去麦加巡礼，这在当时是令人大为惊叹的。

那么，像郑和这样出生在云南名门家族之人为何要去做宦官，就成了一个难以解答的问题。

对于宦官的认识，当时的人和我们截然不同。以历代宦官的祸端为戒，明朝在建国初年对于宦官设立了极其严格的规则。

宦官不能干预一切政务，而且人数被限制在最少，据说有规定不能超过百人。当然，如果限制人数的话就要严格进行筛选，故而家世好、相貌秀丽、精通孔孟之学的郑和便脱颖而出。

郑和实现了永乐帝的愿景，深受皇帝喜欢，因而被赐名。正是因为皇帝说“这个男子可以”，故而才补贴给他巨额的费用，任命他为大航海的总指挥。这应当说是出于个人的信赖。

郑和的父亲和祖父有长途旅行的经历，他自身也是穆斯林，而且能够使用阿拉伯语进行阅读，此外，他多少也会一些波斯语。作为西洋远征的总司令官的条件，郑和全部都满足。

在十二艘长四十四丈，宽十八丈的巨船上乘载二万七千八百余名将士，组成巨大的舰队在永乐三年（1405）第一次出发远征。从苏州的刘家河出海到福建，再从福建的五虎门前往占城。访问各国并赠送礼物、宣读明朝天子的诏令，若不服从便凭借武力制服，有时候当然也必须进行战斗。他曾在旧港与首长陈祖义作战，将其俘虏后予以处刑。他后来还从马六甲海峡出发到印度西岸的古里。

郑和经过多次重复的远航，在永乐帝死后宣德帝治世末期指挥第七次远航。所有的远航都由他进行指挥，一定是因为除了他之外没有人能够担当此任。

民间称郑和为三宝太监，各地都留存很多关于他的传说，三保公庙或三宝寺院就是为祭祀郑和所修建。

中国的水夫，像在日本祭祀金比罗先生一样祭祀天妃（妈祖）。郑和虽是穆斯林，但为了部下的安危他也在出航的船里祭祀天妃。另外，他还在各地修建天妃宫，他的远祖瞻思丁则修建了孔子庙和明伦堂。

明初在各地举兵的诸将有阉割被捕虏的幼童的习惯。明太祖远征云南在洪武十四年（1381），那时郑和年仅11岁，郑和有可能正是在那时被燕王（永乐帝）所阉割的。

郑和的父亲马哈只在第二年便去世，年仅39岁，可能是由于兵荒马乱的缘故吧。

元号杂谈

古代人怎样列举某一特殊的年份呢？比如记录发生大地震或日全食的年份可以使用“在我十五岁那年……”这样的说法。

年龄是以当事人为中心，只能通用于有限的范围。因此，宗族里年长者的年龄成了标准。比如使用“我父亲四十七岁时……”这种以家长的年龄为参照的方法。在母系氏族时代则使用“我的母亲三十八岁时……”这种方式。

当有朝一日家庭成为了大家族，地域组织也随之不断扩大，则村落首领的年龄或者与首领地位相当者的年龄应该成为计数的标准。

在《史记》的《五帝本纪》中是从尧以后开始记述年数。黄帝、帝颛顼、帝喾三代连在位年数都没被记述。

尧立七十年得舜，二十年而老，令舜摄行天子之政，荐之于天。尧辟位凡二十八年而崩。

《史记》是以这一年为开始进行记载。

孔子撰写《春秋》时，元年、正月、日、时都记得很清楚，但创作《尚书》（《书经》）时没有记载年月，那些由于太过陈旧而受争议的便没有收录进去。

司马迁也在《三代世表》中记述：

余读谍记，黄帝以来皆有年数。稽其历谱谍终始五德之传，古文咸不同，乖异。夫子之弗论次其年月，岂虚哉！

继尧之后，关于舜有“舜年二十以孝闻，年三十尧举之，年五十摄行天子事，年五十八尧崩，年六十一代尧践帝位。践帝位三十九年，南巡狩，崩於苍梧之野”的记载。

记述舜的事迹时舜已经在位七十年。舜首先以尧的年龄为基准，从即位开始历经了三十九年。与尧相比，舜则具有浓厚的凡人之感。另外，从尧死后到舜即位有三年的空期，这三年是服丧期。

帝舜荐禹于天，为嗣。十七年而帝舜崩。三年丧毕，禹辞辟舜之子商均于阳城。天下诸侯皆去商均而朝禹。禹于是遂即天子位，南面朝天下。

禹是夏王朝的创始者，从此开始了世袭王朝。

夏王朝接下来是商王朝，从《史记·殷本纪》的记述开始越来越有人情味。

商王朝的创始者武王汤死后，太子太丁在即位前去世，立弟弟外丙为王，外丙即位三年便去世了。之后虽立他的弟弟中壬，但即位四年后就去世了。又立太丁的儿子太甲，也仅在位三四年。这样的年数记载是有人情味的。

贤臣伊尹创作了《伊训》《肆命》《徂后》三部如宪法般的法令，在《史记》中记载是帝太甲元年的产物。

像这样从元号开始计算某皇帝或者某大王元年的计数便诞生了，其中即位的年份为元年。如上所述，太古时期先帝服丧三年，在此期间不能举行悠闲的节日祭。

随时代变迁，政务变得复杂，政治状况也趋向紧张，放任三年不理政事是不行的。服丧期虽然有很多限制，但必须处理政治事务。因此君主死后太子迅速即位，但沿用先帝的纪年，新君主的“元年”便是下一年。

在日本如果天皇逝世，便马上改元。大正十五年（1926）和昭和元年是同一年，而昭和元年仅有数天，非常混乱。

《史记》的《殷本纪》中记录皇帝的名字时，有很多数字是敷衍记录的。商在公元前1027年灭亡，司马迁则是在公元前100年左右撰写《史记》，中间经历了千余年。起初有学者怀疑全部历史都在公元前的商王朝是否确实存在。因历史是科学研究，所以有这样的疑问产生也是必然的了。

1899年发现了刻有文字的甲骨片，不久便发掘到了大规模商朝废墟。通过出土的甲骨片，商朝历代皇帝的名字与《史记》的记载基本上是一致的，因而《史记》中正确的记述通过发掘被科学证明了。

代替商的周朝最终也难逃东迁的命运。中国的天下由此进入到了春秋时代。接下来迎来的则是分裂割据的战国时代。

春秋战国的五百五十余年是各地的权力者建立政权的时代。各地的君主以各自即位的年份进行纪年。

孔子的《春秋》记载的是鲁国的历史，可以说地方史与各地的历史有很深的关系。这一记述始于鲁隐公元年，相当于公元前722年，也就是周平王四十九年。同年，根据《史记》可以得出当时的十二诸侯年表。

燕穆侯七年

郑庄公二十二年

曹桓公三十五年

蔡宣侯二十八年

陈桓公二十三年

卫桓公十三年

宋穆公七年

楚武王十九年

秦文公四十四年

晋鄂侯二年

齐釐公九年

当时各地有权势者都自称公或侯，故而桓公同时有三人，容易混淆。顾虑到周王室，除楚之外没有人再称王。虽然当时仅有周王室为君主，但楚自称“楚乃蛮夷也，不从礼数”，更改了中国的礼教，从而实现了自己称王的目的。

秦始皇发明了很多词语，“皇帝”一词从此时开始被使用。他自称“始皇帝”，要二世、三世至于万世，传之无穷。他发明的“朕”一词一般当作第一人称使用。始皇帝是唯皇帝一人专用，其他人都不能使用。但他没能想起使用“元号”。

元号的“元”字同“原”，有“开始”的意思。从诸侯即位的第二年起记为自己的治世元年，这代表着宣告新开始。

元年、二年、三年……随着数字的延长，就自然而然地再一次“想尝试回归到一”。秦惠文王在公元前338年即位，第二年为元年，到十三年改“公”称为“王”，因此到第十四年，即公元前324年再一次回归到元年。这也是一种改元的方式，因为在第二个年号的十四年时惠文王去世，故而他治世时段被分为两部分。

汉文帝把公元前189年记为元年。公元前163年也就是第十七年又作为元年，相对于最初的元年，称为“后元年”，以后记为后元二年、后元三年等。如此改元是因为在第二个元年之时有人献上一个刻有“人主延寿”四字的玉杯。新垣平欺骗汉文帝预言说“阙下有宝玉气来者”，其实是他私下派人献上的玉杯。

这个策略马上就败露了，新垣平被杀死。但年号依旧被更改，从元年重新开始纪年。后元持续了七年，文帝便去世了。

文帝后的景帝也在第八年的公元前149年改为“中元年”。到中元年以第七年的公元前143年作为“后元年”，在后元三年景帝去世，武帝即位。

君主一人的治世一分为二或者一分为三，继而称作前元、中元、后元，但不能说就等同于“元号”，这并不属于建武、元禄、昭和等元号的范畴。“改元”一词应该意味着“更改元年”。那么“元号”是从何时开始出现的呢？

汉初文帝、景帝时代的前元、中元、后元的叫法确实是元号的先驱。而到武帝时代，正式诞生了“元号”一词。

景帝去世时，十六岁的皇太子即位，即武帝。因为很年轻就即位，考虑到会治世很长时间，前元、中元、后元的划分方式很难。因此首先称为初元，每六年记为二元、三元、四元，称为二元三年或三元四年法。

不过看年表，武帝的治世采用下面的元号：

公元前一四零年　建元元年

公元前一三四年　元光元年

公元前一二八年　元朔元年

公元前一二二年　元狩元年

公元前一一六年　元鼎元年

公元前一一零年　元封元年

公元前一零四年　太初元年

公元前一零零年　天汉元年

公元前九六年　太始元年

公元前九二年　征和元年

公元前八八年　后元元年

汉武帝在治世的五十四年期间，采用了这十一个元号，改元十次，最初是六年，太初以后变为四年，后元号为“后元”。

划分前、中、后年号的方法，与我们现在理解的“元号”不同，元号必须是以汉武帝的“建元”为开端。

但这也存在问题。

建元、元光、元朔三个元号不仅在当时使用，在那之后也使用过，与官位追赠相类似。像前面所说的一样，只不过最初是初元，后面称作建元。元光二年、元朔三年也是追加，是元号的“追建”。

关于元号的第一号还有元狩说和元鼎说。

从元狩说来看，四元一年（公元前122）时捕获了一角兽，是种吉祥之兽，为此将元号建立为“元狩”，同时即位以来的初元、二元、三元各自追建建元、元光、元朔。清朝赵翼在《二十二史札记》中这样记述：《史记》的《封禅书》中曾记载有司（官员）献言，建立元年、取年号应以天瑞来命名而不应该用数字。所谓天瑞是天体自然降临的祥瑞物，长星（彗星）现，故命年号叫元光；郊得一角兽（白麟），因改元叫元狩。而因为三元是元朔、四元是元狩，所以记述稍微有些混乱。

从元鼎说来看，在《汉书》中的元鼎元年，汾水河畔得到一尊鼎。但在《史记》的《封禅书》中，是元鼎三年在汾阴得到鼎。比起捕获一角兽，得鼎的事被书写得更详细，可以想象得鼎更具有祥瑞之气。

在《汉书》中后面的部分更为符合条理。从《史记》混乱的记述中可知得元鼎是在五元三年，比起“元鼎三年”的记述更为合理。从这种说法来看，是因为捕获了一角兽祥瑞而追建“元狩”。

从元狩的元号开始到元鼎只不过差了几年，因此不能急于改元。一般的人也对无趣的初元、二元、三元等叫法感到无聊。在民间可能已经对元年起了别名，也许十六岁即位的武帝的初元元年为“孩童元年”[1]。

像得宝鼎的元鼎之年、捕捉珍兽的元狩之年这样基于事实命名的元号能表现出理想。日本的明治、大正、昭和，中国的咸丰、同治、光绪、宣统等年号的制定方式在近代以后数量虽少但呈现出压倒性的态势。

君主为了求得王朝长久多使用“永”字。纵观历史上列出的王朝元号名单，在中国第一个字取“永”的元号特别多，其次是“天”字。在吉川弘文的统计中，“永”有59例，“天”有58例。除中国之外日本、朝鲜、安南等国家也使用元号，总体看来刚好和中国“永”与“天”的数量相反。在日本以“永”字开头的有16例，而“天”有26例。

如果不算前元、后元等年号，同一王朝不存在重复的元号。与日本不同，中国的王朝不会顾虑曾使用过的元号再次被使用。

“太和”这个年号，在魏、后赵、蜀成、东晋、北魏、唐、五代吴被反复使用了七次。如果“泰”和“太”通用，因为金使用了“泰”，所以总计八次。元号的首字使用“太”字在中国有43例（不包含“泰”字），而诧异日本却

1　原文为“チビッコ元年”。

没有一例，也不使用“泰”字。“太”字在中国充满浓厚的道教色彩，在日本元号中并不常用。

无论怎样也不能理解在尚文风气如此浓厚的中国，各朝代的元号中使用“文”字的情况出奇的少，只有唐朝文德和文明两例在首字使用了“文”字。

而反过来作为尚武的国家，以武家政治源远流长的日本却有15例——文治、文历、文应、文永、文保、文和、文中、文安、文正、文明、文龙、文禄、文化、文政、文久。

昭和的“昭”字笔画并不多，给人一种简明的感觉。但意外的是无论中国还是日本都没有元号的首字使用“昭”字。1926年是日本第一次使用“昭和”。

选择年号的方法也要体现民族性格，事情虽小但也形成一种学问。

一世一元制起源于14世纪的明朝，即使在中国也没兴起多长时间。明王朝的始祖朱元璋取得了太祖的庙号，他治世的三十一年一贯使用洪武的元号，因此他被称为洪武帝。在日本正式施行一世一元制是在19世纪明治维新之后，不能算是古老的传统。

在明治天皇之前的孝明天皇治世的二十年，使用了弘化、嘉永、安政、万延、文久、元治、庆应共七个元号，其中弘化是沿用仁孝天皇时代的元号。

1911年辛亥革命，中国取消了元号。朝鲜和安南（越南）也不再使用元号，此外安南废除了汉字。

“世界中留存下元号的只有日本一个国家……是不是应该保留元号，要尊重日本国民的意思。但在这之前元号是什么，重新回顾和理解元号的概念是很有必要的”，在皇宫里“元号学”现在已经不存在了，如果有人能系统地研究它的话会是非常有趣的。

中山王

1974年11月，在河北平山县发现了古墓和古城遗址。通过省文物管理处的调查和发掘确认了古城遗址是战国时代中山国的都城，由此便可以判断古墓是中山国的王陵。

发掘出的大量文物在北京展示。我从一同参观的同志社大学的森浩一教授那里听说，这些文物是在今年（1979）简单地被编入到河北省文物管理处的册子里的。根据出土的铜元壶、铁足大铜鼎、铜方壶等上面刻有的铭文，可知一号墓的被葬者是中山王。

春秋战国（前770—前221）主要国家的历史被记录在《史记》的《世家》之中，但其中并没有中山世家。中山并不是春秋战国时期主要的国家，不过阅读相关其他世家的记事可知，其并不是一个弱小的国家。虽然国家并没有强大到参与天下争霸，但也不能将其无视，它算得上是一个中等程度的国家。

春秋战国时中山的知名度并不高，除了春秋战国时有中山王，在汉代时也有皇族曾被封为中山王。魏也有战国的魏和三国曹操的魏，后世被我们称为北魏的拓拔族政权也以魏自称。此外，晋和宋等春秋战国时期的国名在后世也有同名的王朝。

以前后或东南西北方位起名的王朝，并不是他们自称的，只不过是后人为了方便才这样命名。在日本，称刘邦创立的王朝为“前汉”；在被王莽夺权之后，自刘秀（光武帝）起称作“后汉”。然而在中国多将前者称为“西汉”，后者称为“东汉”。这种叫法仅仅是因为一个在西面支配全国，而另一个在东面。实际上两汉时已经支配了中国全部领地的大规模政权，但前者建都于西面的长安（今西安市），后者建都于东面的洛阳，东西的叫法用来划分首都的位置。

明明西汉、东汉很容易弄错，为什么不习惯用前汉和后汉呢？带着这样的疑问，我去中国时有人做了如下的说明。

五代十国时的“汉”被称为后汉王朝，东西汉的叫法不容易与之相混淆。

从唐灭亡到宋兴起的大约半个世纪被称为五代十国，五个中央政权交替的同时地方政权十国并立。五代依次为后梁、后唐、后晋、后汉、后周。其中确实有后汉，但政权只持续了四五年。虽然在五代里是最短命的王朝，但也必须将这个命名为后汉的王朝与刘秀创立的王朝区分开来。

回到最初的话题，虽然春秋战国时的中山国知名度并不高，这个名字却给我们一种奇异感。因为国名应该是一个字，而从中国的常识来看，“中山”两字的国名则显得有些怪异。例如，不管是战国七雄——秦、魏、韩、赵、齐、燕、楚，还是其他的小国——宋、卫、鲁、薛等都是一字国名。

虽然没有明确的规定，但中原国家（以汉族为中心的政权）常使用一字名，所谓的夷狄国——非中原国家的国名习惯用二字名。

最大的非中原政权是匈奴。月氏、乌孙、康居、朝鲜、鲜卑、乌丸、林邑、扶南，还有波斯、天竺等非中原国家基本上都使用两字名。

后汉（在中国称东汉）和魏时，日本虽然被称国号为“倭”，但中国或许会想：看，明明是夷狄却冠以一字的国名，真有胆量啊。

到了7世纪，在大和王朝送达中国的外交文书中改国号“倭”为“日本”，因其有“太阳之本”的意思，虽然提高了自己国家的格调，但中国方面的反应却是“从一字改为两字，果然是有自知之明”等令人意外的反应。

前文之所以如此赘述，其实是想说明战国墓所属的中山国是非中原国家，用现在的话说是被少数民族支配的土地。

春秋战国时期中山的领土，大约是现在从保定市到石家庄市一带，古墓和古城的遗址就是在石家庄市西北处被发现的。

论中山位置的偏僻性和重要性，从它所处的时代可以推测出来。金、元、明、清以来，北京都曾作为国都，北京附近的保定和石家庄为“畿内”，清代称现在的河北为直隶省。省政府便设立在保定，直隶总省的所在地也长时间在保定。清末因为保定与国外的关系复杂，直隶总省被调到天津。

但在以长安和洛阳为天下中心的时代，保定和石家庄也许算是偏僻的地方。

由《史记》的记载可知，中山建国于赵献侯十年（前414），作为赵世家被人所知。

因此可以看出，是从春秋战国时才有中山的叫法。区分春秋和战国的时代，最主流的观点是以韩、赵、魏三家分晋为基准，即以承认这三国为诸侯国的公元前403年为界线。这样来看，立中山武公是在春秋末期，仅有11年属于该时期，所以说中山是春秋战国时期的国家。

关于前面提到的《史记》的文本，在《史记集解》中徐广称中山武公为“西周桓公之子。桓公为考王之弟，定王之子”。

从中可以看出，中山武公是周王室出身。定王于公元前468年到公元前441年在位；考王于其后的公元前426年在位。

所以中山国是周王弟弟的儿子建立的国家，或者是周王赐予弟弟的国家。但周王室实质上只不过是一个诸侯国，很难想象会给弟弟领地，可以见得中山武王是靠自己的实力建立的诸侯国。

《史记索隐》做了如下陈述：“中山，古鲜虞国，姬姓也。《系本》云中山武公居顾，桓公徙灵寿，为赵武灵王所灭，不言谁之子孙。云徐公为西周桓公之子无所依据，未能求实也。”

中山王与周王室的关系令人怀疑。但姬姓究竟是什么意义，姓氏又与周王室存在怎样的关系是值得思考的。即便是当时，主掌政权独立时权威的来源也许是要以周为基础的。

《史记》中记载，中山在赵惠文王三年（前296）灭亡。赵惠文王是武灵王之子，武灵王让位后仍被称为主父，手中握有权势。《史记索隐》记载，武灵王灭了中山国。

中山国经历了百世数年的跌宕起伏。

事实上在中山武公建国五年之后，很快魏国率兵灭亡了中山国。因这五年间武公有建都的愿望，桓公复兴中山国后把都城建在灵寿。

如果解读出土文物上的铭文，复兴中山的是桓公的儿子威。可知，威之子是被葬在一号墓的人。

《史记》中并没有记载中山国何时再兴，但记载赵敬侯十年（前377）赵国与中山国交战于房子。第二年又有“伐中山”的记载。赵国在这一次并没有取得决定性的胜利。赵成侯六年（前369）又有“中山，筑长城”的记载。之后，赵武灵王十七年（前309）“出九门、为野台，以望齐、中山之境”，即设立前线基地，以便能取得齐国和中山国国境的态势。武灵王十九年（前307）“王北略中山之地，至房子”，次年又“王略中山之地、至宁葭”。紧接着到武灵王二十一年（前305），“攻中山，中山献四邑和，王许之，罢兵”。此时的中山国通过割让领土以平息战争，但这次议和并没有持续很久。

三年后，“攻中山”。此后三年又“复攻中山”。四年后，中山最终灭亡。中山王被迁至肤施。

考古学的发掘结果使历史不断被更正。说“更正”一词也并不恰当，历史就是历史，不应该用更正错误这样的说法，这里被更正的只不过是对历史的错误解释。

中山虽有周王室的血缘，但从出土文物中可以看出有北方民族的特色，既保留中原文化的风格，又不失非中原文化的要素。

令我感兴趣的是，在此前《系本》中被引用的部分被证实是出土文物的铭文。从铭文中能看到先祖文公（可能是武公的父亲）、中山武公，还有复兴中山的祖父桓公、父亲威公等名字。

被赵国武灵王灭亡的中山国到底是谁的子孙，仅凭《系本》的记述不得而知。但至少通过这次文物发掘可以清晰地看出，中山国在灭亡时的王统与公元前414年建国的中山武公有关系。

《史记》中并没有记载在中山建国后五年被魏灭亡后何时再建，灭亡中山的魏国将这块土地封给皇族中山君，中山君曾作为掌管魏国的宰相。后来被赵国武灵王灭亡的中山国，可以被看作魏国的皇族中山君的国家。

《史记索隐》中《魏世家》有如此批注："中山君相魏……魏文侯灭中山，其弟守之，后寻复国，至是始令相魏。其中山后又为赵所灭。"

魏文侯灭中山后，让他的弟弟守卫中山国。他是驻留军的司令官，但司令官管辖土地"属地"带有一定藩国的色彩，将魏国的皇族封到中山之地并加封其为"中山君"，是避免中山国复国的可能性吧。

被称为"中山君"这一点不会有错，从"孟尝君"和"春申君"可以看出，在战国时期各地将皇族称为"君"。中山君任魏国宰相，从后文可知这个"中山"后来又被赵国灭亡。

作为藩国中山再一次重建。被灭亡的旧中山国的子孙和国家再兴的事实相重叠，总觉得后者有挥之不去的影子。

两件事实存在两次，并且以"复国"来形容是很模糊的，因为中山国和魏国都可以宣称复国。必须从二者之中选择一个的话，那就必须订正这种一家之言。

这种误读的原因是史书中的记述过于简洁。简单虽然好，但应当表达的意思并不是很明朗，或者对于当时的读者很明朗的表达方式在后世的人看来却可能不是那么清晰。

简洁的文章有几种阅读技巧，解决办法是必须等待发掘信息的出现，历史学必须更贴近于考古学。

《魏志·倭人传》也记录了许多阅读方法，存在的几个问题可能通过出土文物被解决。

中山国王之墓被发掘时听到有人这样说："在此之前就听说了啊。看，不是来展览会了吗。是金缕玉衣啊……"人们低头窃窃私语。

1968年6月在保定西北满城县被发掘的古墓确认被埋葬者是中山王刘胜，其身上覆盖的金缕玉衣一时成为话题。

一定是中山国王不会有错了。金缕玉衣的主人是西汉时的中山王，是汉景帝之子。汉景帝前三年（前154）分常山郡东部设置中山国，封皇子刘胜为中山王。与春秋战国时期的中山王完全没有关系，只不过是统治同一块土地而已。

刘胜是汉武帝的兄长，武帝的生母是王皇后，而刘胜的生母是贾夫人。中山王刘胜沉溺于酒色，据说有120多个孩子。刘胜的哥哥刘彭祖比刘胜提前一年成为赵王，投身于政治。刘胜称王后却没有掌管官员的热情，过于关心政治恐怕被怀疑有谋权的野心，他因意识到这一点就故意沉迷于酒色。

在满城县发现前汉中山王刘胜古墓的第二年——1969

年，在河北定县（今定州）北陵头村的古墓又发现了银缕玉衣。这是中山王，即东汉刘畅的古墓。

西汉与东汉，中山王是世袭制。东汉的初代中山王是光武帝之子刘焉。刘畅是刘焉的曾孙，在位34年后去世，而后由儿子刘稚继位。因他没有子嗣，东汉的中山世家自此绝后。

定县位于保定市和石家庄市的正中间。同在定县的八角郎村，1973年发现的西汉古墓中又发现金缕玉衣。这应当是西汉某位中山王的遗物，但是不是刘胜的并不清楚。在刘胜的墓中有纂刻着“三十六年造”和“三十九年造”铭文的铜器。在历代中山王中，在位超过30年的仅有在位43年的初代刘胜，这一点基本上是能确定的，但这次竹简上的“五凤二年正月”（前56）是唯一的线索。

从1977年到1978年，名古屋和东京举办的“中华人民共和国出土文物展”中展出的金缕玉衣是从定县八角郎村古墓中挖掘出来的。从图录的解说中可以看出，很有可能是公元前7年死去的刘胜的陪葬品。

刘胜的第六代子孙刘循之后不再有子嗣，虽然前汉的中山国自此绝后，但成帝刘循的叔父立他的孙子为中山王，时隔45年后中山国再兴。

说起中山王，与自春秋战国以来的考古学的发现有很深的缘分。在屈指可数的中山王中，生前并没有活跃于历史的舞台上，只有死后缠绕在风华尸骨上的金缕玉衣令20世纪的我们大为惊叹。

水浒外号考

对于古人来说，因为九是最大的个位数字，所以由许多国家构成的世界被称作“九州”；宇宙有“九重天”之说；所有的亲族也被统称为“九族”。

龙是一种象征着吉祥的虚构动物。因为可喜的事物总是越多越好，故雕有九条龙的装饰物也就特别常见。在北京故宫的皇极门对面有九条龙缠绕着的琉璃影壁，被世人称作“九龙壁”。不仅如此，北京北海公园的九龙壁同样也很有名。大同市也有九龙壁，坐落于北魏古都的土地上。在权力者的土地上装饰着像这样九条龙的设计随处可见。

现在如果我们听到“九龙”这个词，首先浮现于脑海中的应该是香港岛对面的九龙。九龙这个地名，是以在那的九条龙而来的。特别多的河川和池泉以龙作为名字，因为龙是与水有很深关系的神兽。

小时候，不知道香港和九龙的我，提到九条龙，马上想到的是《水浒传》中在背上文身的豪杰史进。因文身是九条龙，因此他绰号为“九纹龙”。

《水浒传》讲述的是以梁山泊为根据地的英雄豪杰的故事。故事中出场的豪杰总共有108人。108人是由天罡星的36名和地煞星的72名组成。可以说前者是主将领，后者是副将领。在这108个豪杰中，每个人都有各自的绰号，也就是“外号”。

尝试探究一下《水浒传》中豪杰的绰号就会发现，大约三分之一采用了动物的名字。

起初，《水浒传》的豪杰是在“伏魔之殿”中被封印的妖魔。在《水浒传》的卷首，可以看到龙虎山上清宫的住持真人封印妖魔的故事。洪太尉误放了这些妖魔，结果伏魔殿的一角黑气直冲上天，空中散作百十道金光，108个魔君飞升落于各地。

由此遂成“宛子城中藏虎豹，蓼儿洼内聚神蛟”。这里提到的神蛟便是龙了。

传说龙虎山初始，魔君们原本是龙虎，因此化身为108个豪杰的绰号大多与龙虎相关也是当然的了。

可能会被大家笑话，我试着查了《水浒传》中豪杰的绰号，结果，如前面所说，与动物相关的绰号大概占了全部的三分之一。而且在这之中，果然龙虎为双璧。虎有11人，龙为虎的一半以下，有5人。如下列举出的有与虎相关的绰号的豪杰，括号里面是豪杰的本名。

插翅虎（雷横）
锦毛虎（燕顺）
矮脚虎（王英）
跳涧虎（陈达）
中箭虎（丁得孙）
花项虎（龚旺）
打虎将（李忠）
笑面虎（朱富）
青眼虎（李云）
病大虫（薛永）
母大虫（顾大嫂）

这里面的“大虫”即是虎。在《水浒传》中，老虎别称大虫。不光是梁山泊的豪杰，像豪杰中被杨志杀死的牛二这样的恶人，其绰号也为“没毛大虫”，指没有毛的虎。

“イタドリ”这种植物的汉字写作“虎杖”，有时候也写作“大虫杖”。扶南王范寻是山中的一位饲虎者，他把触犯刑法的人丢到山林中喂虎，如果不被虎吃掉就以佳看待之。扶南王虽称虎为大虫，但这个别称起源于《搜神记》。

这绰号中有虎的11人中，作为头领的天罡星只有插翅虎雷横一人，其余的十人全部都是副将领地煞星。前者与后者的比率应该是一比二，虎之中下级的人数压倒性地多。

与之相对的表示龙的五人中，属于天罡星的有入云龙公孙胜、九纹龙史进、混江龙李俊三人，地煞星只有出林龙邹渊、独角龙邹润两人。

虽并称龙虎，但对于一向被称作神兽的龙来说，虎是一种真实存在的动物，所以它总以特别世俗的坏人的绰号而出场。而形象上的差距，我想是以豪杰外号的形式来表现。

此外，地煞星中有一个绰号为“金眼彪”的豪杰施恩。“彪”最初仅仅表示虎皮优良的纹路，派生的意思是“小虎”。施恩是以眼放金色光芒的小虎为绰号的。由此来看的话，虎总共有12人。

彪与豹经常会被误认为是一样的动物。其实，豹位于龙虎之后，在《水浒传》豪杰的绰号中占第三位。豹子头林冲、锦豹子杨林、金钱豹子汤隆，共三人。

豹同虎相比被视为更劣一级。《易经》有云，“大人虎变，君子豹变，小人革面”。

在《易经》中，人的等级被分为大人、君子和小人三等。这里面的大人有接近于圣人的意思。

“君子豹变”在日本常被误用作贬义，正如前面所说，表示好像回到了手掌中，这个词用于责备翻云覆雨一类的言语行为。

但它最初的意思是人无论何时都不会停止进步，随着每天的变化必须不断提高。变得非常光鲜亮丽，这是人生的第三阶段。动物到秋天会更换皮毛，而像花纹变美丽的动物这样，不断变化走向精进的人也令人惊叹。虎是最具有惊艳变化的动物，因此圣人有大人虎变的美誉，其次是君子豹变。豹子并不像虎这样最初就是美丽的。而小人就仅仅只是革面了（变化表情）。

由此自然也能明白为什么豹子的地位在虎之下了。梁山泊的林冲在将领中排行第六，他的头长得像豹子一样。而像锦豹与金钱豹这些是副将领的绰号这一点是毋庸置疑的。

第四位的是蛇。有天罡星中两头蛇解珍和地煞星中的白花蛇杨春二人。事实上后面的动物各自都只有一人，两个以上的到蛇就为止了。

以蛇为绰号命名的人，恐怕絮絮叨叨的执念都很深。《水浒传》的故事背景是在12世纪初的北宋末期，当时似乎蛇还不是很让人喜欢的动物。但是在上古时代，蛇是令人畏惧的，同时也是受人尊敬的。

如前面所说，虎的别名是“大虫”，但“虫”这种说法，在古代是蛇的意思。像八岐大蛇和簸川的关系那样，在中国，蛇与河川也有很深的渊源。黄河是中国文明的发源地，由此看来，蛇对中国人来说一定是值得敬畏的最高对象了。在中国神话中祝融就是人头蛇身，而伏羲和女娲也是同样的姿态。祝融的“融”字中有“虫”字，被称作夏王朝祖先的创始者大禹的“禹”字，也能看到浮现出的“虫”这个字。

虚构的神兽——龙，是以古代的神圣的蛇为基础，并添加了许多要素诞生出来的。如果是这样的话，那么《水浒传》中的两位“蛇”，可以说是增加了龙的部分了吧。此外，在地煞星中，有一个人物是出洞蛟童威。“蛟”在《说文解字》中是一种水灵，即没有角的龙。因此，细数一下《水浒传》中的龙总共有八位。

“水浒”是指在水边，因此它以梁山泊作为故事背景，许多豪杰都以与水相关的动物的名字作为绰号，除了蛇与龙之外，还有龟、白鲦、蜃等。

蜃是一种大牡蛎。《述异记》中记载，黄雀在秋天时变成蛤，到春天时又变成黄雀，周而复始五百年，才变成蜃。这些蜃历经多年修得神力，能吞吐云气，在海旁蜃气像楼台，这就是“海市蜃楼”。刚才提到的出洞蛟童威，其弟童猛绰号为“翻江蜃”。《本草纲目》的作者李时珍，认为蜃是蛟龙的一种。关于蜃究竟为何物，有牡蛎说和水灵说两种，从《水浒传》中出洞蛟弟弟的外号来看，《水浒传》的作者是取了水灵说作为参考。

说到白鲦，在《水浒传》天罡星中的张顺，被称作“浪里白跳”。鲦与跳是同音（日语里都读作ちょう）。在水中畅快游动的鲦，是以浮游生物为食的鱼，别名水鲦、跳鲦、鲦子等，是硬骨纲科的一种淡水鱼。鲦也叫鲦鱼，其形纤长而白，非常美丽。

晋代的张华和何勋为其作诗：

属耳听鸣莺，
流目玩鲦鱼。

同聆听莺啼的美妙带给人快乐一样，看鲦鱼在水中游动的样子也令人欣喜。

鲦鱼语出《庄子》。看着水中游动的鱼，庄子说，悠闲自得是鱼的快乐啊。而惠子不解，认为庄子明明不是鱼怎么能知晓鱼的快乐呢？两人由此展开了鱼之乐的哲学议论。

地煞星中的陶宗旺，绰号为九尾龟。龟被称为四神兽之一。青龙、白虎、朱雀、玄武在中国称四方之神灵，分别代表东、西、南、北四个方向。其中代表北的玄武是一种黑色神龟。

有九条尾巴的神兽不光有九尾龟，中国上古的妖姬妲己是一只九尾的狐妖。她受商纣王宠爱，使纣王终日沉迷淫乐，周武王伐纣时被杀死。后来她化作绝世美女褒姒，为了复仇来诓骗周幽王。为了博得从不笑的美人褒姒一笑而烽火戏诸侯，后来犬戎来袭时诸侯都没有到，周幽王因此被杀。

九尾龟作为龟中神兽，有着很强的神力。传说有一对父子从渔夫那里买来九尾龟，因烹调成羹汤食用，后来两人死于海啸。

除此之外，《水浒传》中豪杰的外号还有犬、猿、鼠、马、蝎等，还有鸟类，如扑天雕李应、摩云金翅（直插云端的金翅鸟）二人。

金翅是随佛教传入，从印度传过来的传说中的一种鸟，以龙为食。除了《杂阿含经》之外，其他佛经也提到这种鸟，梵语中为“Garuda”，汉字写作迦楼罗，是护持佛的天龙八部之一。在兴福寺中有迦楼罗像，鸟头人身，身披铠甲，像鞍马山中的乌鸦天狗一样。金翅经常活动在须弥山下，因为那里有它经常吃的神兽龙，是一种非常狞猛的怪鸟。可以说以它作为副统领的外号有些可惜了。

另外《水浒传》中豪杰的外号大体都是三个字，像摩云金翅这样四个字的只有18例。另外两个字的有五例。在这之中，大刀（关胜）、双鞭（呼延灼）、行者（武松）、浪子（燕青）四人是都是天罡星，地煞星中以神医为外号的只有安道全一人。他虽类似于像梁山泊军医一样的人物，但当时医生的社会地位还不是特别高。

金翅的羽翼伸展开据说有336万里，传说《庄子》里鹏的背有几千里，两者有着天壤之别。假如都是想象中的神物的话，金翅就显得格外的有趣了。

在梁山泊众多豪杰的绰号中，除了龙和金翅，还使用了其他并不存在的动物的名字。位列宋江之后排行第二的卢俊义的外号是“玉麒麟”。

日语里麒麟是长颈鹿英文的直译，卢俊义取的绰号麒麟指的不是非洲那种脖子很长的动物，而是画在麒麟啤酒标识上的那种奇怪动物。

在中国，据说因为在圣人出现之前会有麒麟出没，因此麒麟被作为象征吉祥的神兽。牡曰麒，牝曰麟。孔子编撰的《春秋》中有云：“（哀公）十有四年春，西狩获麟。”

《春秋》中记载了直到哀公十六年的记述，这是由孔子的弟子补充编撰的。这里面的“获麟”喻指著作的绝笔，或者在形容事物结束时被使用。因为麒麟出现是圣人降临的祥瑞之气，暗示着光明的前景，而“获麟”则预示着事物走向衰亡。

副统领邓飞的外号“火眼狻猊”所指的是狮子。虽说狮子不是虚构的动物，但在中国不常见，所以在中国古代多半是想象中的动物。狮子是西方物种，有时西方的使节向皇帝进贡狮子，所以一般的百姓是没见过的。古书中记载有“师子不出西域”，其中“师”字是“狮”字去掉了反犬旁。

《东观汉记》中记载阳嘉年间（132—135）疏勒国曾献上一只狮子。疏勒是现在中国新疆喀什，我曾经到访过那里。当时伊朗的国旗上有狮子的图案，在那里一定有将狮子视为百兽之王的神兽观。《续汉书》中也有章和元年（87）安息国使者进贡一只狮子的记载。安息国是位于现在阿富汗和伊朗地区的一个国家。书中描述其“其形似无角麟”，这种将狮子同虚构的动物麒麟相比显得很有趣。

作为预示圣人出现前兆的麒麟，可能因它是祥瑞之物的象征，所以它的绘画随处可见。对此人们已经完全习惯了。

因为古代没有动物园，所以当时的人们习惯把从未见过的动物画成壁画。在章和元年纸也还没有被发明。

也许是因为疏勒国献上的狮子受到了好评，所以疏勒的邻国在50年后也以狮子进贡。阳嘉年间已经发明了纸，而且价格应该也不是很贵。但带有狮子图画的纸价格卖得很高。

就像东亚的人们见到长颈鹿会惊叹，并起名为麒麟一样，1世纪的中国人在《说文解字》中把以虎豹为食的怪兽称为狻猊，形状同狮子一样。在古代传说中，龙生九子各不相同，其中一子就是狻猊。其喜烟好坐，所以形象一般出现在香炉上。我的小说《青玉狮子香炉》中的香炉选取狮子作为装饰也是出于这个原因。

如来佛坐狮子座。因此在对高僧的敬称中，也使用“狻下”和“猊下”这样的词。虽说狻猊最初是龙之子，但也被归属于狮子一类了。

梁山泊中有一位副统领朱贵，绰号是旱地忽律。朱贵是在《水浒传》前几章节中出场的。

旱地是干燥的土地，忽律虽说是兽名，却不清楚具体是什么兽。博学的幸田露伴在《水浒传》的批注中提到：忽律不详，前人称作西域恶兽。

旱地一定是沙漠的意思了。而忽律，据我推断一定是以从西域献上的珍奇野兽为名被当时的人起的名字，可能是狮子的一种。不同的人和不同的地方对同一事物起的名字也不一样，在交流还不是很发达的时代这种情况特别多见。有的人借用不像龙的龙之子狻猊作为名字，也有人以它同样不像龙的兄弟蒲牢作为名字。

蒲牢现代音读作“pú láo”，忽律的读音为“hū lǜ”，1世纪时的读音是怎样的，至今虽还没有被研究过，但我想是有些相似的吧。

蒲牢虽为龙子，却害怕庞然大物鲸，而且喜欢大声吼叫。就像喜欢烟火的狻猊在香炉上坐着一样，大声吼叫的蒲牢喜欢坐在钟钮上。在吊钟吊起来的部分，雕刻的神兽就是蒲牢了。

1977年，我在访问新疆时，坐吉普车从喀什去往和田的途中在蒲犁停留了一阵。这里的名字出自汉代西域36国中的蒲犁国，是特别古老的一个地名。那时我便想到了《水浒传》中的忽律，他们的发音的确很像。特别是比起蒲牢，发音和忽律更为接近。所以忽律很可能是从蒲犁地区被献上的奇珍异兽。啊，说起西域的蒲类海，也是个发音很相似的地名呢。

鉴真与桂林

鉴真和尚受日本僧人荣睿、普照的邀请，为传律授戒决意东渡，在天宝十二年（753）踏上了古都奈良，这已经是他第六次渡航了。

最惨痛的失败是在天宝七年（748）的第五次出航。当时鉴真和他的弟子遭到恶风怒涛的袭击，被迫在海上漂流，最后一直漂到海南岛。因为鉴真是在武则天的垂拱四年（688）出生，经历这次漂流时他已是花甲之年。所幸费尽周折到达了海南岛的南端振州，受到了那里的别驾冯崇债的殷勤接待。别驾本是州刺史的佐官，作为长官的刺史不到这样偏僻的地区赴任，别驾其实就是那里的统治者。

《唐大和尚东正传》中记载，鉴真在振州住了一年，重建了荒废的大云寺。去日本所带的佛像和佛具全都被用于重建寺庙。但鉴真并没有放弃东渡，去日本传授戒律的宏愿始终不移。在面对日本僧人的邀请时他曾表示："是为法事也，何惜身命。"

重振旗鼓的方法有很多，在回到扬州之后应该从头开始重新筹备吗？当时的广州是中国最大的贸易港，那里被认为可以通往世界各地。鉴真应该去广州等待去日本的船吗？

在离广州最近的海南岛已经一年了，从广州到日本的船只是很少的。往来日本，果然还是要在长江的下游出发，也就是在宁波附近。如果这样的话，回到扬州是很好的。

回到扬州也有两条路线。

从珠江口流出的珠江在广州市以西的三水旁边，此外还有西江和北江。西江的上流是桂江，沿桂江回到扬州是第一条路线。

如果从北江逆流而上，流经广东北部的韶关市进入江西省，那就可以顺赣江过洪州（今南昌市）到达经过鄱阳湖的长江。这条线路比起经由桂江和湘江的行程要短一些，从北方到广东赴任的高官大抵走的都是这一条线路。

从海南岛回到扬州的鉴真选择的是第一条线路。查看地图可以看到，桂林在海南岛的正北方，没有任何的迂回。但他选择第一条线路很可能是从海南岛振州的别驾冯崇债那里得到的建议，因为第一条线路经由的地区似乎都是冯氏的势力范围。

从海南岛渡航到对岸的雷州半岛，要经由罗州（今广东高州以东）、白州（今广西博白附近）、容州（今广西容县）、藤州（今广西藤县）、梧州（今仍名）和象州（今广西中部）的“之”字形线路。桂州是现在的桂林，在那里鉴真被始安郡的都督冯古璞所接待，而冯古璞是海南岛冯崇债的亲族。

冯氏在梁朝的大同年间（535—545）作为地方长官到近边去赴任，通过与当地豪族结为姻亲，巩固了自己在管辖地的地位。这种从中央调遣的高官与地方势力结合是很常见的。

从海南岛到广西有很多少数民族居住的土地。广西以前用“省”，现在则称作壮族自治区。少数民族为了保护自己免受迫害，同族间有着惊人的团结。

可能鉴真从冯崇债那里得到了沿线各地有势力的同族的介绍信。就当时的行程来看，比起距离和所需要的时间，是否安全才是最重要的。因为冯氏发行了像通关文牒的东西，所以鉴真选择了从桂林到湘江的线路。

官人、僧道、父老迎送之礼拜供养之，不计其数。

始安都督、党公、冯古璞等步出城外，五体投地行接足礼，引大和上入开元寺。

因此，到桂州为止鉴真一直受到各地的盛情款待。

鉴真的第一条路线是以桂林为终点，返回广州时便转到了第二条路线。

南海郡的大都督、五府经略采访大使、摄御史中丞、广州太守及有诸多头衔的卢奂等人得知鉴真在广西，便下牒诸州要求到广州迎接鉴真。

“威严与天子无异。”

卢奂是握有实权者。接到卢奂通牒的冯古璞显然不能违背命令。

同鉴真随行的日本僧人荣睿在从桂林到广州的途中去世了。

“大和上留住一年”，随后便继续东征。从桂林出发到广西的各地，鉴真历经了很长一段时间。

世人称道“桂林山水甲天下”，而鉴真眺望壮美盛景时是怀着怎样的心情呢？虽然停留了很长时间，但他并没有作与桂林有关的诗文。大概每一天都很忙吧。

“州县的官人、百姓，填满街衢，礼拜赞叹日夜不绝。

冯都督，供养那些独自一人化缘的众僧，邀请大和尚传授菩萨戒。那里的都督，七十四州的官人，选举试学者，多汇集于此州，随都督持守菩萨戒的人不计其数。”

桂林是佛教盛行的地方。而且同长安和洛阳一样，很多都是经由西域而来的传教徒。《后汉书》中记载大秦国王安敦派遣使者到日南，献上象牙、犀角、玳瑁等礼物。大秦是东罗马帝国，安敦是安东尼（罗马皇帝马克·奥里略·安东尼），日南在现今越南的岘港附近，秦朝时叫象郡，汉时叫日南郡。东西交流通过海上的航道来实现，佛教的传入也是文化交流中重要一环。因此，优越的地理位置也使桂林引入了经由南海传来的佛教。在桂林居住的胡人很可能是波斯人。唐代陆严梦曾作七言律诗《桂州筵上赠胡子女》，赠予出席宴会上唱歌跳舞的女子。

眼睛深却湘江水，
鼻孔高于华岳山。

这两句描写的是西域女子特有的深邃碧眼和高挺鼻梁的俊秀容貌。

作为东西海上交易的重要交通枢纽广州，在这里居住许多胡人贸易商客也是显而易见的了。胡商虽似乎成为了富豪的代名词，但也有并不富裕的胡人。如果都是财主，哪里还有出席宴会并边唱边跳的必要呢?

即使在海南岛，鉴真也看到许多贫穷的波斯人。他们在海上被抢掠，作为奴隶跟随在人群后面。《东征传》中在万安州关照鉴真的冯若芳有如下记载：

> （冯）若芳，每年常劫波斯舶（指古代从波斯即今伊朗到东方来的船舶）二三艘，取物为己货，掠人为奴婢。其奴婢居处南北三日行，东西五日行，村村相次，总是若芳奴婢之（住）处也。

在南北三日、东西五日行程的广大地域，不幸为奴的波斯部落随处可见。女性因为年轻貌美故而作为歌伎或舞伎被卖到各地。

冯若芳明显是海盗，是海南岛到广西的有权势的家族冯氏一族中的一员。鉴真被冯氏一族的势力范围保护，到达了以冯古璞为都督的桂林。但后来受到广州太守卢奂的邀请，奔赴广州。冯古璞留下“古璞与大和上，终至弥勒天宫相见”后悲泣离去。

下桂州七日至梧州。

《东征传》中记载，鉴真和尚一行顺桂州的漓江而下。现在，游客从桂林的郊外乘坐观光游船到阳朔是极为平常的。根据水位的深浅船速也不同，需要两到三小时，两岸秀丽的景色让人忘记了时间。鉴真和尚在这个时候视力出现了衰减，纵使如此，他也不忘欣赏漓江沿岸俊秀的奇观。

在桂林停留时，鉴真主要住在开元寺。开元寺在文昌门外面，有名的象鼻山西侧。象鼻山是阳江与从西而来漓江的交汇点，开元寺离杨江很近。阳江和漓江起着桂州护城河的作用。清末，太平天国军在象鼻山上安装大炮向城内发动炮袭。但因桂林有清军坚守免受沦陷，太平天国军放弃攻打桂林仓皇而走。

在象鼻山对面，新修了一家名为漓江饭店的宾馆，在宾馆里面有一个足球场，清朝时这里曾是巡抚署（省长官的公署）。现在广西壮族自治区的首府是南宁市，而以前桂林是广西的政治中心。

中日战争的战火也与桂林有关，包括同日本有很深缘分的鉴真驻足之地开元寺。桂林因日军的进攻失掉了大半城池。

离开元山很近的象鼻山虽说是山，但从山麓到山顶只要步行就够了。其山形酷似一头巨象在伸长鼻子临江吸水，象身和象鼻之间的缝隙称作水月洞。唐朝时期，这里似乎还修建了跨越水的亭子，宋朝范成大立碑名曰《复水月洞记》。因为从城外能俯视城下的山林，住在这儿的鉴真和尚也一定登过此山。现在山顶上修建了一座塔，名叫普贤塔。但它修建于明代，在鉴真和尚的年代还没有普贤塔。

即使没有塔，从这里远眺众多山林的景致同唐朝之时也没有太大差异。像帽子一样的独秀峰现在立于广西师范学院里面。它东临伏波山，两山间耸立着异彩山。虽山容奇俊，但每一座都并不高。繁忙的鉴真和尚有时也会拄着拐杖游览山林。

最高的异彩山海拔225米，由于桂林的平均海拔是150米，所以实际的山峰高度不足100米。石刻的种类有很多，雕有“四望山”三个字的是最古老的，听说在唐代就有了，在鉴真和尚时期它存在吗？异彩山最高的地方称作明月峰，虽山不高，但很陡。越过万里波涛东渡到日本的鉴真，一定是为了磨炼脚力才登此山的。1963年，87岁的徐特立（毛泽东学生时代的老师）和78岁的朱德也登过明月峰。在山顶上两人曾立下诗碑，以下是朱德赠予徐特立的诗：

徐老老英雄，同上明月峰。登高不用杖，脱帽喜东风。

徐特立应声唱和：

朱总更英雄，同行先登峰。拿云亭上望，漓水来春风。

同样在唐朝，在鉴真百年左右之后，阳朔县有一位叫曹邺的人，是大中四年（850）的进士，在任洋州刺史时写出《官仓鼠》：

官仓老鼠大如斗，
见人开仓亦不走。
健儿无粮百姓饥，
谁遣朝朝入君口。

曹邺在辞官后回到故乡阳朔隐居，住在天峨山下的慈光寺。在寺院附近有块岩石，当地人称作“曹邺读书岩”。

因为鉴真没有歌咏桂林风光的诗文，当地人引用曹邺的诗句。

> 江城隔水是东洲，
> 浑是金鳌水上浮。
> 万顷颓波分泻去，
> 一洲千古砥中流。

这里面的“颓波”指下流的水势。

三月份我在漓江游玩时已是夜晚，从宾馆眺望流动的漓江是不是像曹邺诗中描绘的这样，其实不得而知，我只是询问了当地人漓江的上游在什么位置。

桂林的山水被形容为富有“山顶秀，江水清，岩洞奇，石头美”四种特色。沿岸一带在两三亿年前由于位于海底，所以形成了独特的石灰岩地貌。把附近众多的山称作“土山”，这不免有些轻蔑的意味了，其实这些都是岩石山。

漓江两岸的岩石山根据不同的形状被取了各种名字，有五指山、罗汉山、马跃山、画山、冬郎山、西郎山、飞凤山、龙角山、驼峰山、碧莲峰、卓笔锋、绣山岩等怪石奇峰，观赏时就会有种确实如此的感叹。

曹邺的《西郎山》和《冬郎山》，是两首七言绝句。

西郎山

西郎何事面西方，
冬郎欲会隔大江。
自古良朋时一遇，
东郎未会恨斜阳。

冬郎山

东郎屹立在东方，
翘首朝朝候太阳。
一片丹心万古存，
谁云坐处是遐荒。

唐末的沈彬，别号子文，曾为阳朔县令，祖籍江西。他虽不像曹邺是当地人，但非常喜欢碧莲峰下的阳朔。他作了首题为《碧莲峰》的诗。

陶潜彭泽无主流，

潘岳河阳一县花。
两处争如阳朔好，
碧莲峰里住人家。

陶潜——陶渊明是彭泽县令，因在家附近种下了五株柳树，故自称五柳先生。西晋文人潘岳在河阳县做县令时，传说他命令全县栽种鲜花。无论是陶渊明还是潘岳，作为县令都深爱着居住的土地，沈彬对阳朔也是如此痴情。

宋代李纲曾被任命为宰相，是跟随岳飞的抗金名臣。但后来被主张议和的秦桧排挤，降格为湖广宣抚使。他在失意左迁的途中，经过阳朔。由于行程匆忙，连唐代修建的青阳门外的万云亭都没有登过，仅仅作了两首题为《阳朔山水奇绝》的诗。下面是其中的第一首。

溪山此地蔼佳名，
雨洗烟岚分外青。
却恨征鞍太匆遽，
无因一上万云亭。

明初解缙原本升迁至大学士，后来被左迁为广西布政司参议。他也为“曹邺读书岩”作了一首诗。

阳朔县中城北寺，
人传曹邺旧时居。
年深寺废无憎住，
惟有石岩名读书。

清朝阮元（1764—1849）担任了六年两广总督（管辖广东和广西的长官）。据说，他在任职期间游玩桂林五次，其间作了首题为《清漓石壁图歌》的诗，因为全诗很长在此就不加引用了。

在现代，有一首吴剑英的《由桂林舟游阳朔》被广为吟唱。

春风漓水客舟轻，
夹岸奇峰列送迎。
马跃华山人睇镜，
果然佳胜在兴坪。

“睇镜”是广东方言，与“见”同意。兴坪是桂林市和阳朔县附近的地名。

说到这似乎有点离题了，但漓江的名胜只能用引用诗的方式介绍。而对于我们，应当注意的则是和尚的眼睛能否能看得见这些美景。

最后列举两首与桂林有关的诗，其作者是被日本人熟知的两名诗人。

游阳朔舟中偶成

郭沫若　一九六三

桂林山水甲天下，天下山水甲桂林。
请看无山不有洞，可知山水贵虚心。

到阳朔

廖承志　一九七四

地壳初凝两亿年，沧桑变幻浑如烟。
却留阳朔山和水，空惹后人苦探研。

到访西安

为由中国中央电视台和日本NHK电视台共同制作的《丝绸之路》取材，时隔五年后我再次到访西安。唐朝古都长安就是今天的西安，是丝绸之路的起点和终点。因而无论怎样也一定要在这里进行拍摄。

而现在我正在西安市人民大厦中的一间屋子内写下这篇文章。

昨天去了乾陵，在路上我首先能回想起来的是以前这条路上灰蒙蒙的沙尘，让人有些受不了。从西安出发80多千米，五年前还是坐公交车，车门紧闭，全程大约花费两小时，全身感觉好像蒙上了一层沙子。而即使抱有这样的觉悟，这一次也没能躲得过沙尘的烦恼。直到临近永泰公主墓的某座乾陵博物馆，基本上才是广阔的柏油路面。但在之前来时脑子里并没有充满这么多记忆的疲劳感。

乾陵是唐朝第三代皇帝高宗（李治）与他的妻子武则天一同合葬的陵墓。高宗683年去世，第二年被葬在乾陵。武则天在高宗死后又活了22年，掌握着巨大的权力。在经历了近1300多年后，地上的建造物已经并不多见了。这与明朝十三陵荒废的程度有一定差异。因为十三陵地上遍布的宫殿，只经历了四五百年的岁月。

修建乾陵之后约450年，也就是金天会十二年（1134），陵墓的修复工程开始展开。

乾陵是在自然的山上建造的墓室，并不是用土堆起的坟丘。这座山似乎有许多叫法，最普遍的是梁山。梁山北峰海拔1047米，参拜用的道路很高，而陕西的平原却看起来非常低。南峰在东西分别有两座，与北峰不同，充其量是个小山岗。

在耸立的北峰附近，东西向对峙的南峰堵住了参道的入口。实际上在南峰设置有各种各样的堡垒，这是寝陵警备的军队驻扎的地方。一旦有可疑的人影在参道上出现，马上会遭到飞矢如雨的骈袭。

在立有八棱华表的两侧开有参道，向北的参道的两侧有石刻，各是一匹翼马。有羽翼的马的雕像在西方有很多，而东方的翼马就在乾陵。

从导游那了解到，华表和翼马像位于海拔850米，人们通过缓坡上修建的参道能登上梁山。翼马旁边放置着一对鸵鸟的浮雕，当时的人以为它是“朱雀”。

转到高松冢的话题，作为方位之神，南有“朱雀”，北有“玄武”，东有“青龙”，西有“白虎”。日本古都主要的繁华街道也叫朱雀大街，正南门是朱雀门。而这里的朱雀是怎样的动物呢？如果通过字面意思来理解是红色的鸟雀，但这与其他的龙、虎、玄武并不相称，所以朱雀也一定是一种想象中的鸟。在西方进贡鸵鸟的时候，人们认为它就是想象中的这种鸟。作为凶猛的禽类，无论是鹭还是鹤都不能与鸵鸟相比。这种稀有的物种，以神异作为条件来看的话，非从西方渡来的鸵鸟莫属了。

如果从京城大道风雅的形象来看的话，我觉得朱雀是凤凰或者是像孔雀这样的动物。但作为四方门的守护神，仅仅风雅是不行的。如果不够巨大勇猛，就不能镇守住方位。龙与虎都是巨大勇猛的动物，而玄武是拖运石碑、载运世界的神龟。这样来看的话，把有着硕大鸟脚的鸵鸟作为朱雀就不足为奇了。

《史记》中有巨大的鸟产卵的记述。经由往来的使节传入中国的不仅有狮子，鸵鸟也被进贡进来。当时的人看到鸵鸟后联想到“朱雀”的心情也是可以理解的。鸵鸟不能飞，而且行动速度很快，全身充满着力量，这也符合“朱”的意思。

作为朱雀的鸵鸟被放置在石马的北面，与北面衣冠束带的十个石人相对。能看到长袖子的文官，也能看到手持宝剑的武将。起初在唐朝，因为有佩刀的常规，不论文武百官都要在身上配有刀剑。

接下来，在面向山陵左侧有述圣纪碑，右侧立有无字碑。述圣纪碑六米多高，称赞高宗德行的文章是由武则天创作，让儿子中宗（李显）写在上面的。石碑的最上面有屋脊形的顶盖，以兽纹作为基座，碑面上五个部分紧紧连在一起，也称为“七节碑”。

与之相对的无字碑，并没有屋脊形的顶盖，在碑顶上有充满厚重设计感的雕刻。据说，武则天曾说，千秋功罪，留给后人评说。

因为她留下了这样的遗言，先不论她的功过，一切都由后人评说，所以在她死后没有立碑，只留下无字碑让世人来评判她的一生。

武则天在日本以“则天武后”被大家熟知，因为她是唐高宗的皇后，被认为手握天下的实权。她是在丈夫唐高宗去世之后，逼迫即将继位的儿子李显（中宗）退位，紧接着让儿子李旦（睿宗）在即位时退位，把皇位移交给自己的。这时李氏的唐朝被武氏篡夺，国号改为“大周”，武则天从此不再是皇后而是皇帝。历史上只有汉代吕后和清朝西太后那样掌握政权的女性的例子，从来没有过夺取皇位的女性。武则天是中国历史上的第一位女皇帝。

唐朝重臣和武将都很胆怯吗？高宗死后第二年，武则天便废掉了两位皇帝，之后更是废唐立周，亲自即位。面对这样的篡权者，没有人出来反抗吗？像狄仁杰这样的杰出大臣，甘心服侍女皇帝，他的傲骨清高到底都到哪里去了？我突然充满了这些疑问。

因为武则天的王朝创立之初内政中有很多不稳定因素，所以可能那时旧唐的大臣和武将都在找准时机蓄势待发。

武则天即位时已经60多岁了。当时人的平均寿命并不是很长，而且即便她喜欢男宠也不能再有子嗣。她死了之后，之前被废掉的李显和李旦一定还会继续即位。只要即位的是唐高宗的儿子，那么唐朝的江山一定会东山再起。因考虑到唐朝会再兴，所以没有必要率兵与其对战。唐朝很多要员都是这样想的，他们都在暴风雨前的宁静中等待。

而武则天在那之后居然又活了20年，这对大臣武将来说是意料之外的。虽然比预想的时间延长了很多，但结果依旧一样。她的身体不断衰老，临终前一年让儿子李显复位，还政于唐，大唐再兴。

李显（中宗）在位五年后，李旦（睿宗）继位。李旦的儿子李隆基（玄宗）发动宫廷政变，在睿宗复位两年之后，年轻的玄宗即位，唐朝达到了极盛时期——开元盛世。

唐朝实现了复兴，那怎样评价武则天这个人呢？这是个很棘手的问题。篡夺王位这样的事在封建王朝是大逆不道的，但是绝不可能对血浓于水的母亲和祖母进行这样的评价。唐朝对则天皇帝大周国21年记录的处理显得特别慎重，将她的统治视作已经被退位的唐中宗治世的延续。因为唐中宗即位不久后就被废，他第一次治世仅在嗣圣元年，即684年。中宗皇位被废后睿宗即位，武则天再次改元“光宅”，并废止了基本没被使用的“文明”的年号，武则天随后便即皇帝位。武则天的大周国从光宅到长安为止用了许多年号，前后21年间换了14个年号，在长安四年结束了她的统治，在中宗复位的第二年便进入了神龙元年（705）。持续时间还不到一年的嗣圣元年似乎粉饰了大周国持续的21年，在705年重新改元。

作为闲谈还想补充一下前面讲的与元号有关的事。前面已经说过，在中国皇帝死后的第二年有改元的惯例。高宗晚年的五年间每年都改元，他去世这一年（683）是弘道元年。

684年是唐中宗的嗣圣元年、睿宗的文明元年和大周则天皇帝的光宅元年，出现了一年换三个年号的特例。

明代也有这样的特例，万历皇帝在万历四十八年（1260）去世，泰昌帝即位一个月后也去世了。本来泰昌的元号打算在第二年使用，但继去世的泰昌帝之后即位的天启帝在这一年启用了“天启”作为年号。因此，1620年直到万历皇帝七月去世为止是万历四十八年，七月以后变为泰昌元年。同样也是一年用了两个年号，1621年才恢复天启元年的常态。

虽然像泰昌帝这种一帝一元制的情况确实是很特殊的例子，但因明代之前有几次同一皇帝任内的改元，故而也就不会奇怪了。

再回到无字碑的话题上来。因为功绩太大无法用文字表现出来从而不雕刻文字这样的遗言总令人难以轻信，若以此为解释则必须立无字碑。但如果雕刻文字的话，写什么样的文章才好呢？不能直白地表述自己夺取唐王朝创立自己的王朝，但也不能写虚假的谎言。当时的人们都知道事情的真相，所以万不得已只能立下无字碑。

武则天的碑仅在唐朝以无字的状态存在，唐朝衰亡后这样的禁令便被取消了。宋代以后的人们在上面雕刻了许多文字，但大都随着风雨日月的侵蚀渐渐看不清了。在这其中，以金太宗的弟弟在无字碑上刻金朝文字女真文最为有名。

无字碑是武则天在世时立的，她一定有过如果去世之后无字碑上会被刻满文字的期待，但她在世时没有雕刻的缘由，所以在碑文上留出一片空白。而事实上在她去世之后，因为唐朝复兴，雕刻歌颂她的文章也是不可能的。

长安由于唐末的动乱基本上已经破坏殆尽了，因此不再作为国都。

现在西安市的规模只不过是唐朝长安的一部分。唐朝长安的城壁近40千米长，在明代被修建的长安城城壁据说仅有6千米。现在的西安市以明代的城为基础，虽说市街伸展到了城外，但古都长安全城还没有实现市街化。

现在的西安已经不能看到唐朝长安的盛景了，也没有唐朝长安那样大的规模，但依然可以看见历史的痕迹。

因为日程紧张，在几经拜托之后我得到了可以在星期一参观陕西省博物馆的特别机会。和日本一样，博物馆在星期一休馆。博物馆里到处陈列着有名的碑林拓本。其中有题为“唐大兴善寺大辩正宏智三藏国师之碑”的巨大石碑拓本，共有三大士[1]的名字列于其上。宏智三藏国师曾经向日本高僧空海弘扬他的佛法，他也被称为不空和尚。《不空和尚碑》与日本密宗有很深的渊源。

大兴善寺前虽题有“唐”字，但据说是在3世纪时为晋武帝司马炎创建的古刹。最初称作尊善寺，隋朝改名为大兴善寺，7世纪时期唐朝的大兴善寺已经不是最初创立时的面貌了。

现在这里变成了兴善公园，其面积不足唐代大兴善寺用地的十分之一。不知从何时起已不再是佛寺，也住进了道士，这与中华人民共和国成立初期的道观大不相同。而且散步的场地和建筑物也不是古物，空留止于追忆往昔和失望的心情了。

三次访问西安都有缘到大雁塔游览，但去小雁塔还是第一次。小雁塔在大兴善寺北部，大雁塔建于唐高宗永徽三年（652），而小雁塔是他的儿子唐中宗时期修建的。明嘉靖三十四年（1555）西安地区发生地震，小雁塔的塔身震裂，八年后又遭遇了一次地震，是能看到裂痕的受难之塔。

我跟随在西安市住的F氏去小雁塔，F氏是我30年来的友

1　唐玄宗开元时期有三大士在长安弘扬密宗，即善无畏、金刚智、不空。

人。在观赏小雁塔之后我去他家中做客。在他家饮酒时，旁边坐着的是桥梁学教授，及一位出于事务需要到教授家拜访的校长，我们交谈甚欢。来访的客人也曾在美国留学，据说是斯坦福大学毕业的。尽管除我以外还有理工科的人，但酒席上的谈话主要集中于与西安有关的历史。

西安公路学院虽然是与道路、土木、自动车有关的大学，但因在道路建设的工事中屡次有历史遗迹被发现，学校里的人也被要求学习这方面的知识。

大雁塔和小雁塔连接的斜线的正中间恰好是公路学院所在地。在那里有唐代著名宰相李林甫的府邸。李林甫因以“口有蜜而腹有剑”而被人熟知，没有很好的声誉。而比这更早的500年前，《三国志》中有一段精彩的部分。魏蜀作战时，兵出汉中的诸葛亮布署蜀军，魏军司马懿设置的大本营据说就在公路学院附近。当时的长安因被西汉末的赤眉之乱破坏，而且因为东汉末的军阀混战，也有很多荒废的土地。

蜀军从这里离开数百千米进入五丈原，此时已经迫近决战之日。司马懿在这里谋划出怎样的作战策略呢？事实上诸葛亮在阵地中已经病逝了，五丈原的蜀军突然开始撤退。此时明明是绝好的作战时机，司马懿却没有采取追击战，想必诸葛亮去世的事一定极为隐秘。司马懿认为“孔明者，如此布阵之法必有计略”，故而他指示按兵不动。

在小说中，我对司马懿的心理做了推理分析。曹操死后，在魏国最被警戒的当属司马懿了，如果行动过于活跃的话一定会有被肃清的危险。大胜和大败都存在危险，最妥当的便是平局。

也许诸葛亮的死被严格保密，但他过劳和身体衰弱的事是从俘虏和百姓那里得来的情报。看到蜀军非同寻常的行动时，应该能做出诸葛亮已死的推理。司马懿也一定看穿了这件事，因此欣喜地考虑到这是平局的绝好机会。

公路学院的校内，挖掘防空壕时出土了李林甫家的石碑，与500年前司马懿本阵的遗体相比，石碑被埋在更深的位置。李林甫与唐朝皇室有血缘关系，被公认为是为了保身口蜜腹剑两面三刀的大奸臣。公路学院东北侧的师范学校一带，曾经是亲仁坊，好像是安禄山被赐予邸宅的土地。

西安的秋天夜很长，有太多话说不尽。在F家陶醉于当地名酒西凤酒至夜晚，之后回到了人民大厦。

故城

时隔六年我再次到访新疆维吾尔自治区。同六年前相比，使我感到意外的是这里居然能成为观光的热门地方。六年前——我们全家在1973年到吐鲁番时，基本上没有从国外到这里参观的旅行者。我们后来看新闻报道时发现，欧文·拉蒂默一家也在吐鲁番游玩。

之后听人说，我们最初到新疆那一年在乌鲁木齐正建设新机场，不久之后飞机场正式启用，来这里旅行也就变得容易了。像在北京观光时一定要游览八达岭长城和明代十三陵一样，去新疆旅行一定要去乌鲁木齐一带、吐鲁番和石河子附近一样。吐鲁番古时候是高昌国，这里充满历史的气息。而且与吐鲁番相比，石河子是在沙漠中建起的全新的城市，是中国现代化中的一个典型案例。

海拔-154米的吐鲁番盆地观光史迹的重要地点当属高昌

和交河两座故城。六年前，这里只随便立了个“高昌故城址”的告示牌。而我这次发现，这里又立了一个用汉英日三国语言写的，注意不要在遗迹处采集遗物的告示牌。

故城意思是指“从前的城”。汉语中的“城”是城市的意思，现在“都会”也被叫作“城市”，与有没有城壁没有什么关系。曾经在中国，就算是个小城也要在周围修建城壁。吐鲁番东面的高昌故城也有城壁，有一部分留存到现在。

高昌故城以“カラ・ホージャ”的名字在日本为大家所熟悉。唐太宗时期西突厥被唐所灭，当时的新疆是鞠氏王朝。

而交河故城是被高昌国所灭的军师国的国都。

论规模，高昌故城环城一周的规模更大一些。即便如此，在地上遗存的残垣断壁的数量似乎是交河故城更多，高昌城在高昌国灭亡后不久似乎就被放弃了。而交河城作为唐代的交河县城，有一段时间在这里还曾设置安西都护府。人们一直在这座城里居住，从交河城离开的居民，在城前加“故”字，据说是在元末14世纪左右的事。

从废弃年代来看，变为废墟的程度理所当然各不相同。更早被放弃的高昌，并没有马上化为废墟，在元末被弃的交河城比高昌城保存得更好。去过交河再到高昌的人可能多少会有些失望。相反，从高昌再到交河的人，会有一种满满的充实感。

根据遗物的多少，时而失望时而充满充实感实际上是很可笑的。高昌城的建筑全部都建在地上，而交河城却不是这样。整座城市都是夹在两条河间从高耸的生土台地表向下挖出来的，可以说是庞大的古代雕塑。中心部分是一座寺院，寺院分上下两部分，上部已被夷为平地，下部的断层上留有残存的壁画。因为面对河的是令人目眩的悬崖绝壁，所以在这里没有修建城壁的必要。

从我个人感受来说，拜访吐鲁番的这两座故城时感触最深的是残存很多遗迹的交河。

岁月无痕。经过千余年，高昌城留下的残垣大多是大寺院和宫殿的一部分，具有百姓生活特征的建筑已经荡然无存。百姓的住所不像寺院和宫殿那样用岩石建造，即使站在高昌城上，也不能感受到这里曾经有人生活过的气息。他们的喜怒哀乐，随岁月的磨蚀渐渐消散，如果没有很丰富的想象力的话，通过遗迹不能感触到这一点。

交河城却不是这样。虽然没有一座有屋脊的建筑物，但民家墙壁的遗迹并列排成一行，在入口处建造土坯道以方便游客进行参观。自不必多说，这都是些新土坯，而这条道是以前从南门朝向北的道路。

北部的塔群从塔身样式看来，推测是南北朝时期的建筑，在高昌灭亡前就已经存在了。虽然受岁月的侵蚀，与高昌相比却显得更有生命力。塔的南边残存旧时的道路，两侧排列着居住区，原本是黄色的土坯泛出赤茶色，这是旧时炉灶的位置。曾经用炉灶生的火，即使经过了500年依然执拗地在那里留下痕迹。可以说火是有人类生活过的证明，到14世纪这里一直有人类居住。岁月的侵蚀并不能消除人类生活过的证据。城的南部是工匠、商人的居住区，残存着浓厚的百姓生活气息，把能看到的塔群包围起来。即使是最新的南北朝时期的古塔也是在6世纪修建的。明明已经被岁月侵蚀，但在我心中的古塔的样子却十分鲜活。

在按规则顺次排列的塔的正南部，很大一片空地被墙壁围起。因为与塔群紧紧相连，这一定是大寺院残留下来的遗迹，四面排列的高墙基本也是赤茶色。南面百姓居住遗留下的土坯和炉灶的痕迹是同一种颜色。在百姓家中留下的一小块赤茶色，大小跟一本书差不多，平均直径在30厘米左右。而在寺院和被推测是巨大建造物的墙壁内部残存下来的同样的赤茶色，就只能用火灾进行解释了。由于失火，寺院火光四升，后来又蒙上了一层战火的硝烟，这均匀分布的赤茶色确实是经过完全燃烧留下来的痕迹。

我们站在寺院的遗迹上，想象着曾经寺院中的熊熊烈焰。

李恺是喀什市的文物责任者（担任遗迹和其他历史文化财物保管等工作者），他的甘肃口音很重。听他说，他的祖籍在甘肃临洮。

“那里是秦始皇修筑长城的最西边的土地啊。”

他这样告诉我。《史记》中曾记载，秦始皇修筑的长城东起辽东西至临洮。

李先生很欣喜我居然知道他故乡的名字。

甘肃酒泉附近的嘉峪关城在去敦煌的甘新公路附近，离关城不远的地方留下残垣断壁。导游指着这里对我们说：“这就是万里长城的最西端。”

坐吉普车经过这里从车窗向外看时，我也听到了这样的说明，并没有什么错误。但说到万里长城，任何人都深信是秦始皇修建的，如果这样来看，导游的说明就显得不够充分了。嘉峪关附近的土壁是在明代修建的。

修筑长城是设想能在城外围上城壁。将统治的区域用城壁围上，可以看作国境线的一种。明代长城的西端在秦朝临洮的更西侧，可以说国家的势力范围如此辽阔。但和汉唐相比，明代的国境后退了很多，嘉峪关一直在玉门关和阳关的东侧。

这里说的国境跟现代意义上的国境完全不同。王维的《送元二使安西》中有名句：

西出阳关无故人。

元二这个人并不是出使国外。安西是安西都护府，是唐朝管理碛西的一个军政机构，元二要到那里出差或者因为调职要到那里去，而出了阳关之后也许就看不到之前的老朋友了。这里不能说他是到了国外，因为属于唐代疆域版图，阳关还不是国境。即使如此，这附近有着类似国境一样的气氛。

“塞外”是很模糊的表达，这里也并不是国外的意思。无论是堡垒还是长城，它们的另一侧都不是外国。在国势强盛时期，国家的支配力可以延伸到塞外。如果国势衰弱，敌军就会擅自进入塞内了。

城也好，塞也好，在字中都包含“土”字。城和塞，都一针见血地表示“用土建成”。比起石垣土壁或城塞的原型，光从文字中就可以观察出来。

被王维送行的元二是去安西都护府，军政中心为龟兹。

唐在贞观十四年（640）灭掉了高昌国，在那里设立了安西都护府；贞观二十二年，在征服了龟兹国之后将都护府迁到了龟兹。因为龟兹受到突厥和吐蕃的攻击，有一段时间都护府后退到吐鲁番盆地一侧。但在王维（699—761）的时代，安西都护府设在龟兹，那里是元二的目的地。

玄奘《大唐西域记》记述的屈支国，也即是龟兹“国大都城周十七八里”。

屈支国的城壁遗迹很大一部分被保存下来，被认定为新疆维吾尔自治区的重点文物保护单位。我去那里看到只有绵长的堆积起来的不规则的土堆。从事文物工作的人告诉我，这些堆积起来的土堆断断续续延伸200米左右，而且在公道的对面一侧似乎也残存这么长的土堆。

西汉的西域都护府在离这有350里远的乌垒城。东汉的班超（32—102）主要以龟兹为据点进行活动。我们登上的土壁遗迹筑造于东汉，到唐朝的数百年间根据情况被不断修缮。

这里要单独提一下前秦的将军吕光。他曾受鸠摩罗忠告归东，在384年吕光攻陷龟兹。虽然龟兹向附近诸国请求援军，聚集了70万大军，吕光还是攻破了龟兹。紧连绿洲的沙漠一望无际，即使有能活跃70万大军的空间，如此巨大的军兵数量还是有些夸张。

从吕光入城来看，龟兹的城内像长安市邑一样，宫室非常壮观。他命令参军段业作《龟兹宫赋》——描写龟兹王宫的奢侈，被我们的军队灭亡等这样的内容。

作《龟兹宫赋》的段业在后来成了北凉王。法显399年从长安出发到印度取经时，在张掖受到北凉王很多援助。法显的《佛国记》中有“张掖王改业”一句，这里的“改”字是“段”字的误写。

站在曾历经动荡的龟兹故城的遗址上环顾四周，曾经的金殿玉楼已经不见，放眼看去是一片高粱地。龟兹故城被记载有三重，而我所在位置的正前方果然能看到模糊的断断续续的土堆。勉强确认能看到第二重，而三重恐怕囊括包围国王居住宫殿的城壁了。古都连宫殿城壁的痕迹都没有留下。

龟兹故城留存下来的残破不堪的遗迹有方圆数百米。与之相比，同样是东汉的建筑物，疏勒故城留下了有文字的10米左右的遗址，在喀什市的东南部的市街中。因为现在的喀什和1世纪的疏勒国基本上是同一个位置，所以加速了疏勒古城遗址的崩坏程度。

西域的古城遗址，与其说是崩坏不如说是被破坏。千百年前，人为加固的土更肥沃。为了使土地更稳固，在土中混入的草料与芦苇料完全转化成了肥料。把没有什么用的旧土壁的土挖出来，运到自家田地中作为肥沃的农地是很好的废物利用的方式。历代的农民都是这样考虑，没有丝毫的罪恶感。

外国探险家到这里时才发现了故城遗址作为文化财产的价值。壁画和佛像可以换钱，但城壁的土就不能换钱了。故城遗迹应该尽可能的保持现状，这是政府需要做的事情。不能换钱的东西谁都不会去偷盗，作为文化财产的管理也就没那么严格。这些旧土没有换钱的价值但有用作肥料的价值，政府的管理又欠缺，所以故城的土被人偷偷用牛拉走运到田里。

在西域能留下故城的遗址，主要是因为这里雨量很少，是干燥的气候环境。如果没有被用作肥料，我眼前留下的旧城遗迹就会与故城原本的面貌更加接近了。

离库车县城20千米的地方是苏巴什故城遗址。库车河（又名苏巴什河）跨越其中将故城分成了东岸与西岸，这是苏巴什故城的一大特色。

出县城简单走走就能到西岸的故城遗址，而到东岸就必须要渡河。8月来这里的樋口隆氏一行，似乎因为苏巴什河涨水不能渡河到东岸了。我们推迟了两个月才去，多亏河水已经落下去，吉普车和小型面包车勉强能渡过。可是回来时小型面包车在河途中发生故障不能动弹，必须用绳索被吉普车拉着走。

河东和河西大同小异，仅仅是塔身形状的不同。苏巴什故城是魏晋时的建筑，即建造于3世纪到5世纪初。

苏巴什故城是应该被特别记载的地方。去年（1978）在河东最高的塔下发现了一座古墓。根据北京方面的科学调查，判定棺材是距今1500年以上的古物。

在墓穴中有个木棺床，摆放的棺材外面是木制的，中间是陶制的。虽然已经被文物保护机关运走了，但土壁上留有可能是支撑棺床时嵌入墙中的木材。

遗体的头朝北，据说他的头盖骨前后被压得很平整。

啊，真的是这样吗?

我不禁这样想。

真的是这样！恐怕是因为去世时还是骨头还很柔软的孩子，遗体紧贴着板子发生变形了吧。

阿克苏地区的文物责任者这样说。

玄奘在《大唐西域记》中记载，据说屈支国有压平头骨的习俗，但至今为止在库车地方从发现的壁画塑像来看，还未发现这样的习俗。

至于遗留至现在的痕迹中已经没有绘画和塑像了，仅剩下了头盖骨。玄奘确实把所见到的在书中如实作了记述。

苏巴什故城塔下的遗体究竟是谁现在还不知道，可能是塔寺中居住的僧侣，或者是塔建立时的捐献者，抑或是为了建立奠基的牺牲者，文化学者的研究到现在为止还未解释清楚。

谈对联

在40天左右的中国旅行日程中规划进了福建武夷山、四川峨眉山、河南嵩山、山东泰山这四大名山，可以说有些贪得无厌了。无论是中国还是日本，名山一向与寺庙结缘很深。虽然以为鉴真和尚像供给这件事为契机，变成到古寺巡礼的旅行安排也是很突然的。

中国寺院与日本寺院的气氛不太一样。有一点不同之处是日本的寺院很少在柱子上刻字，而中国的寺院则到处都被写上或刻上文字。

因为水土不同所以性格有差异是一个重要原因。在广阔的大陆，有很多景观很单调，但如果有一小块能自由使用的空间，在上面雕刻上装饰便能打破这种单调，这不是人的本性使然吗？这就变成了一种禀性，譬如有装饰的嗜好，或者在寺院的柱子上雕刻文字。不仅在寺庙里，在其他的建筑物上也是如此。

在中国，春节时家家户户的门左右两侧柱子要用红纸张贴对联，在上面写上吉祥的祝福语。这个习俗从来没有废弃过，自古以来延续至今，在正月贴的对联被称为“春联”。

对联是成对贴的，横着联结左右的是“横额”（也叫“横批”“横联”），张贴在成对的对联上面。在日本的寺院中对联是很少见的，只能看到独立的横批，也可以看作寺院的牌匾，在山门的位置写上巨大的“某某寺”的字样。因没能形成两副对联间的联系，所以日本的寺院不称其为横联，只能叫横额或者扁额。横是以竖为前提，叫横联是不够恰当的。明明日本的门上引入了扁额，在门柱上不写对联（也叫门联）的原因是考虑到看的人的心态，即日本人没有欣赏对联的习惯。

比如，中国稍微读过一点书的人都会在看到门联时感叹，“这写的真好啊”“这副对联有点牵强吧”这样经常相互品评。对联部分最为重要。律诗必须有两联对句，写律诗只能找对句，在两句话间取得平衡是很重要的。

因为一篇律诗有八句话，全诗写出四联对就够了。首联（第一句和第二句）和尾联（第七句和第八句）即使不对仗也是可以的，但颔联（第三句和第四句）和颈联（第五句和第六句）必须对仗。如在《奥之细道》中引用的杜甫有名的《春望》：

国破山河在，
城春草木深。

在这首诗中，首联是对仗的。国与城相对，“国破”的颓垣残壁同富有生意的“城春”对举，对照强烈。“山河在”与“草木深”对仗又增一番，使对偶句纵横变幻、巧夺天工。第二联：

感时花溅泪，
恨别鸟惊心。

也对仗工整。“感时”与“别恨”是寄托感时伤别的感情。“花”与“鸟”以花鸟拟人，花也溅泪鸟亦惊心，两说虽有别，其精神却能相通。

烽火连三月，
家书抵万金。

烽火是与战争有关的事物，面临连续不断的战火多么盼望家中亲人的消息。“家”与“书”相对，“三月”与“万金”一一对仗，“连”与“抵”在语法上相对。

从这样的语义看来，纵使是日本读书人也可以欣赏对联。但除了语义上的对仗之外，还要加入词语音调上的对仗。中国所有的文字发音并不都是平的，对仗的句子要求前面是平音，后面是仄音。

“国破”是仄音，“城春”是平音，读起来平仄相对，对仗的效果更佳。“山河在”是平平仄，“草木深”是仄仄平，完全相反。“感时花溅泪”是平平平仄仄，“恨别鸟惊心”是仄仄仄平平，后面以此类推。这种音调上的调和，让日本读书人欣赏是不可能的。只有汉语有音节的声调语，在这一点上，没有音调的日语与汉语间存在很深的沟壑。

日本的读书人中除去个别特殊的例子，自古以来都可以用日语读中国的诗词。像前面说的那样，意思上的对仗能理解，音调上的对仗怎样也读不明白，对仗的韵律美便因音调的缺失减少了一半，难怪在日本没有普及欣赏对联的习惯。不过，这样避免了人们在日本的大建筑物的柱子上面公然的乱写乱画，所以在柱子上写横额就够了。

日本有新年在门前装饰松树或松枝及珠连绳装饰物的习惯。门松是吉祥之物，结绳装饰是能驱魔之物。与之类似，中国贴春联的习俗也是从在门前挂上驱魔的“桃符”得来的。《燕京岁时记》中，人们在桃木板上书写联语称为春联。桃符是在桃木板上写“神荼”“郁垒”二神的名字，或者用纸画上二神的图像，意在祈福灭祸。《淮南子》中有关于桃符的记载，说它长七八寸，宽一寸左右。古代的中国人认为桃木有驱魔的神力，在村落入口处栽种许多桃林正是出于这样的考虑。

日本丙午迷信是不能被忽视的存在[1]。从内山完造[2]那里听到这件事的鲁迅说：“如果用中国的桃木制作人偶便能破除灾祸。”桃木有很强的神力。日本三月的节日被称为“桃花节”，来源于中国用驱魔神力最强的桃木做弓来辟邪的习俗。

最初人们在七八寸长的桃木片上写有巫术的神灵名字之类，为了能贴在柱子上就用纸来写，纸上可以写更长的文

1　日本人相信丙午年出生的女子一生坏运，若娶了丙午年出生的女子为妻可能会使丈夫早死，而一直流传下来导致丙午年无人结婚，最后丙午年成了人人害怕的孤鸾年。

2　鲁迅先生的挚友。

字。后来慢慢衍生出举行丧礼时赠送挽联的习俗。在挽联中写上逝者生平事迹，极力称赞他一生的功绩。后来演变为陵庙的门联，还是追悼死者的生平。这回去成都祭祀诸葛亮的武侯祠时看到了大量的楹联，其中有一副郭沫若写的。

志见出师表，

好为梁甫吟。

还有董必武写的：

三顾频烦天下计，

一番晤对古今情。

有些很简明，有些很长，行程很紧迫的游客应该没有时间逐一欣赏这么多长短不一的对联。据说，王天培也曾给武侯祠题过对联，每37字一句，总共74个字，有时间的人可以尝试为对联添加标点。但这不是最长的联，也有更长的对联有些让人厌烦。

公本职宇耕田人为感殊遇驱驰以三分始以六出终统

一古今难效死不渝遗恨功名存两表

世又陈强古冶子应笑同根煎急谁开诚心谁广忠益安危天下系先生已往缅怀忠义抚残碑

昆明大观楼有180字的对联。扬州平山上鉴真和尚出家的大明寺的厅堂里，有86字的对联。只有在忍受寂寞的时候才能读得进去吧。

联中语句的大部分都是从其他人的诗文中借用过来的，比如成都武侯祠中：

忆昨路绕锦亭东，
先主武侯同閟宫。

是从杜甫《古柏行》中借用过来的。这副对联是在1976年被重新写上去的。

诗圣杜甫的诗集可算是对联的宝库。我登泰山之后拖着疼痛的脚去济南大明湖游玩，在湖中岛的亭子（也叫湖心亭或者历下亭）中再一次看到以杜甫的对联作为装饰的情况。

海右此亭古，

济南名士多。

济南是很美的城市，大明湖边清新绿色的柳条在水面上荡起层层涟漪，能想象出在花朵盛开时景色有多美。历山的影子倒映在水面，山水美景融合在一起，浑然天成。有一副对联与济南美景相称。

四面荷花三面柳，
一城山色半城湖。

荷花就是莲花，以这副对联为例，莲花和山色都是在湖上可观赏到的美景。凑齐四、三、一、半这些数字，上联的“面”字，下联的“城”字为了保持平稳的对仗各自使用了两次。这两句诗是清朝刘凤浩所写，用来说明当时济南画家铁保的画作。我试着问了一下刘凤浩的这副对联是纯为这亭子而作，还是后人从他的诗中摘抄而成，导游也不清楚。

杜甫的诗文造诣很高自不必多说。与之相比，用其诗文做对子对对联，作为文字游戏的娱乐性很强，作为文学价值的评价就比较低了。即使如此，因为吸引了很多游客过来参观，这副对子除了有文字游戏的娱乐性之外，还起到了很大的宣传效果。

此外，还有具有讽刺效果的对联。辛亥革命后袁世凯等北洋军阀手握政权，不顾百姓贫苦课以重税，却在北京的城中高呼“民国万岁，天下太平”，而当时“民国万税，天下太贫”这副对联人尽皆知。紧接着在北京城又出现了下面的对联，更加露骨地讽刺当时袁世凯统治的时代。

一二三四五六七，

孝悌忠信礼义廉。

路过的人看到后都感到奇怪，上联仅仅排列数字，这样奇怪的对联谁也没见过，它先夺过众人的眼球，让人不管怎样也要看看下联。看到下联一定会感到奇怪，把人伦道德相关的俗语摆在下面，两个字组成一组。“孝悌”“忠信”“礼义”，接下来明明应该是“廉耻”，却只有“廉”字，引起人们注意。这幅对联在谴责袁世凯不知廉耻，或者可能有种“忘八”的辱骂的意思。

贴在柱子上的春联仅仅用红色纸贴上去的话，经历风吹日晒后发生破损就会被揭下来。今年（1980）春节是公历2月16日，因为我的行程在4月到5月之间，所以春联被破坏得还没有那么严重。

九亿神州跨上跃进千里马，
四化宏图迎来祖国万年春。

类似于这样的春联有很多。“四化”是“四个现代化”的意思，比起春联更接近于口号。

爆竹声中辞旧岁，
银花朵朵庆新春。

这样的春联更像庆祝新春的“春联”。从数量上看，好像宣传标语式的春联更多。

五谷丰登万家户，
百业俱兴亿民欢。

这副也稍微有些宣传口号的意味，我认为兼于两者之间的对联更好。

春联的横批普遍都是四个字。最多的是“欢度春节”

和“万象更新”两个，无论在什么地方这两个都是压倒性的多，充分洋溢着新年节日的喜悦之情。想从车窗看春联，但车的速度太快看不清楚，而横额只有四个字，能立刻看清。

紧接着是刚才提到的两个横批，很多像“前程似锦”“春满人间”“东风浩荡”“锦绣前程”“春光明媚”“欢天喜地”“春回大地”“东风万里”“光明磊落”等，不管哪个都是吉祥的祝福语，但在必要的场合要贴宣传口号式的横联。从洛阳去登封的途中，这一类的横联有很多。例如，“大搞四化”（实行四个现代化）“百花齐放”“发扬民主”“勤俭建国”“发愤图强”“自力更生”“发展经济”“全国发展”“不断革命”“安定团结”“国富民强”“形势大好”[1]“万众一心”“绿化祖国”等。

在洛阳，写有“高歌猛进”的横联有很多，特别是在龙门附近，每家每户都贴这副横联。高声歌唱勇猛前进，在前进的道路上充满乐观精神，是鼓舞勇气的口号。如果这算充满政治性色彩，也许在山东经常能看见的“气壮山河”“人杰地灵”“豪情满怀”等也能被分类为政治性的口号。例如，“气壮山河”，长城西端的嘉峪关城的门联上也写了这

1　原文为“形式太好”。

句话，记忆中可能是清朝为鼓舞守军的士气写上去的。

还能看到很多完全崭新的但却不是被作为春联张贴的门联，它们是被贴在新婚家庭门口的喜联。有像“偕老琴瑟”这样的成语，也有“幸福家庭”“鸟语花香”等。在洛阳郊外还看到了全新的喜联横额上写着“革命伴侣”。

现在的中国，习惯从左向右横着书写。加入了罗马字后书写既便利又快捷。仔细说来，不再使用墨也有好处，比如不会将墨沾到手上。横额大部分都是按从左到右的顺序，但大约有一成左右的横额是按从右到左的顺序书写的。特别是洛阳附近，向左书写的对联远超过一成比重。街头的表标和看板等没有例外，基本上都是横着写的。

试着思考一下的话，仍向左书写也是可以理解的。横额是连接上联和下联的桥梁般的存在。因为右联是上联，左联是下联，从右向左进行连接是顺当的。

在人们识字不多的时代找当地有学问的人代写对联，而现在变为自己写对联，对联的字体也各不相同。各家很少创作新的对联，大多是从几副备选的作品中选择一副张贴。因此，即便不能创作新的对联，张贴在门外的春联等在某种程度上也能体现出一个家庭的性格。

金田抄

金田村是中国近代史上最重要的历史遗迹之一，地点在广西壮族自治区桂平县。1851年1月11日，以洪秀全为统帅的太平天国军在此起兵造反。一时间其势力几乎扩展到全国。清朝花了16年最终镇压了太平天国运动，这使得清王朝的能量消耗殆尽。其后甲午战争、义和团等事件中清朝的败仗接连不断，最后在辛亥革命（1911）之后宣告灭亡。如果太平天国不造反，中国封建王朝的命脉也许会更长一些。

我为写太平天国的小说收集材料，在今年（1979）3月中旬到访了金田村。从北京飞往以“山水甲天下”闻名的观光地桂林，坐汽车到南宁市住了一晚之后，坐早班的汽车驶向桂平县。从南宁到桂平县大约250千米都是宽广的柏油马路，虽然有限速每小时20千米的标识，但除拖拉机以外没有车严格遵守规则。因为水牛群经常旁若无人地行走，自然不会有车风驰电掣。到桂平县城要5小时左右，金田村距离这里还有20多千米。

“今年来真是太好了，如果是去年的话会很糟糕呢。”

当地的人这样说。从县城到金田村的道路是去年（1978）修建的。多亏了柏油马路，半小时就能到，但出了县城到黔江必须坐渡轮。虽然如果顺利的话马上就能坐上蒸汽渡轮，但为了能使从对岸来的渡轮装载上更多满载甘蔗的车，需要花费一些时间以使渡轮上的空间得到有效利用。

“几乎什么都没有了。”

当地的人不谦虚地这么说。因为对清朝来说太平天国是叛贼，所有纪念太平天国的东西都被破坏掉了。同族先祖的陵墓都被毁掉，实体的东西就更不用说了。洪秀全出生地——广东花县的“洪秀全故居”在当时也被清朝人破坏掉，现在的建筑是后来重新修筑的。据说，只有洪秀全在造反时曾作为指挥所的金田村三界祖庙还留存着。这是当地的长老和乡绅为了集会收集神像，在乾隆年间（1736—1795）创建的。恐怕清朝统治者也怕受到神灵的惩罚才这样保持原样吧。

太平军举行军事训练的“营盘”虽然已经没有营舍了，但这片地还是被指定为“全国重点文物保护单位”。因为是造反的地方，所以被特别重视。前面提到的三界祖庙是自治区重点文物保护单位，说起来两者还是有区别的。营盘位于小山丘上，面积1.5平方千米左右。立着“金田起义地址”的纪念碑，没有署名，听导游说是周建人（鲁迅的末弟）的笔迹。

自古以来，“国破山河在”所说的即是国都沦陷、城池残破但山河依旧的景象，这应当不是事实。我到洪秀全造反前将起义军聚集起来并向大家宣传宗教的紫荆山时，深深体会到了这一点。这里现在修建了巨大的大坝，建立起了名叫“金田水电站”的水力发电厂，这同130年前的山河完全不一样。但是紫荆山见证很多历史记忆，因而到处都留存着旧时的痕迹。

“现在的紫荆山是宝山。”

导游这样说明。除了竹笋、新竹、木材、花粉（汉方药）、沙姜之外，像鹿一样但没有角的黄猄，以及狐狸、石羊等野生动物也有很多。但无论如何，宝山的名字让我有些糊涂。在太平军的最高干部中，以杨秀清为首在紫荆山烧炭的人很少，却有很多人给太平军起外号叫“炭烧党”。我想可能是因为这些贫穷土地上的底层乡民和为改造社会揭竿而起的人，认为这里绝不是贫瘠的土地，由于有丰富的木材所以一定有能当煤炭使用的资源吧。

桂平现在是广西人口最多的县，金田村在县里也是水利最优越的地方。

因为金田村并不寒冷，所以木炭不用于取暖，主要被作为当时的制铁业者，即铁匠的燃料使用。但根据鸦片战争后的条约，外国的铁制品大量被输入，中国的铁匠失业，烧炭人变得日益贫穷。

我欣赏着金田村绿色充盈的风景。从营盘向下看，被称为宝山的紫荆山映入眼帘。我追忆起太平天国的年代，展开了思考。于底层生活的人改造社会的意识很低，而贫穷使得想尽各种方式维持生活的人落入最底层的生活——正因为如此他们不可能是革命的领导核心。

我们在金田水电站吃饭，午饭中的鱼意外的好吃。太平天国运动时，洪秀全、杨秀清、冯云山等人也吃这么好吃的鱼吗？我一边吃饭，一边半开玩笑地询问。

“啊，他们不吃鱼。”同行的凌崇征回答。

水坝修建之后，才开始从武汉附近调来许多小鱼在这里养殖，桌子上的鱼就是这些鱼中的一部分。

“但应该多吃点美味的鱼，这一条是狗鱼。”

狗鱼是什么鱼呢？听他说，是能看到脚，像山椒鱼一样的鱼。这是从以前到现在一直在紫荆山的谷川里生活的鱼，水坝修建以前太平天国的人应该也吃这种鱼。

吃完午饭后，我们进入紫荆山，到达离水坝五千米左右的三江村。山路虽然幽深，但有很多宽阔平坦的路，汽车可以通过。

三江村现在搬到了河对岸，似乎是为了架桥工事。工事还没有开始，只是预先做准备，现在只能乘船渡河到对岸。

即使乘车行驶进宽阔的道路深处，不运用一下想象力的话也不能有效取材。旧路是在水坝工事时塌陷的，那是只能通过一人的狭窄道路。如果想在脑海中描绘出太平天国时代的形象，必须要把汽车道从头脑中清除掉。

同行的凌先生是住在桂平的作家，已经写了十多万字的《太平天国》。中国同日本一样，不用列举草稿的页数而以字数为单位，改行充页数是不行的。总是有人问“一天写多少字？”我每次都不知所措地回答说大概400字。数十万字的话，有三四百页。作为同行的道义，我听了关于凌先生作品的内容后很担心，凌先生所撰写的《太平天国》，没有把金田村的奋起作为重点吗？

住在武汉的作家，正执笔长篇小说《李自成》的姚雪垠曾说接下来要写太平天国，回来时与武汉大学历史教授交换了意见，通过闲谈得知姚先生的写作背景应该是武昌。已经年过七旬的姚先生，之后还有写辛亥革命的计划，果然武昌起义是其中的重要情节。

回到北京后礼节性地访问作家协会时，从评论家冯牧先生那里听到了姚先生的故事。他早上三点起床写作，每天都写一段，日复一日，持之以恒。听了老先生的故事后我不禁肃然起敬。

除了姚先生和凌先生之外，以太平天国有关题材创作的作家还有几人。为什么大家都要写“太平天国”呢？

有人说，现代中国将辛亥革命视为“祖父”，将太平天国视为“曾祖父”。对于现代中国的作家而言，太平天国是一个很有魅力的题目。虽然一定有很多人想写，但是想写却不能写。

在太平天国中出现的人物中好人与坏人都被清晰地划分，非白即黑，除此之外不留任何余地。认为白是灰，或者认为黑是灰也是不被允许的。

在金田村起义的太平军占领永安州时有五个人称王，他们是太平天国初期的干部，其中有东王杨秀清、西王萧朝贵、南王冯云山、北王韦昌辉、翼王石达开。在攻陷南京的战役中西王和南王战死，占领南京后东王杨秀清占据了绝对的优势，因此北王韦昌辉毅然率军造反。杨秀清一派两万余人在那时被杀死，但后来韦昌辉也被天王洪秀全肃清。在此之前，因对天京（太平天国以南京作为国都，后改名为天京）内讧深感绝望，翼王石达开率军出走。

最初的五位干部接连死去，后期支撑太平天国的是忠王李秀成、英王陈玉成、干王洪仁玕几位。在太平天国灭亡后，被俘虏的李秀成写下了屈辱的投降状，陈玉成在庐州失陷时被捕，而后在敌人面前大义凛然坚贞不屈，最终被杀死。

从教条主义的历史观看来，洪秀全、杨秀清、陈玉成是没有一点瑕疵的白，韦昌辉、石达开、李秀成是叛徒、反革命、分裂主义者，他们是没有半点辩解余地的黑。

韦昌辉与烧炭党李秀清等人不同，他家是地主，在太平天国起义之前，地主韦昌辉的豪宅是秘密的武器制造所。

在遗迹“营盘”旁边有一个叫犀牛潭的瀑布，从外面看不清里面的岩洞，这里是武器储藏所，通过一条秘密的坑道可以从营盘直接到韦昌辉的家。制造武器，应该会发生巨大的声音。声音太大会惊动官吏，所以韦家饲养了很多鹅，鹅喧闹嘈杂的叫声会掩盖打铁的声音。

如果被官吏听到声音的话会怎样呢？为谋反而制作武

器的话一定会被斩首。可以说韦昌辉搭上性命参加了太平天国运动。他的武装政变是极其残忍的，杀死了两万余人的官兵。但被杀的杨秀清一方也不能说是一片清白。作为东王，杨秀清手握很大的权力，但他独裁又粗暴，其本人的性格也是内讧的原因之一。

作为太平天国天王的洪秀全，对于内讧之事不能说没有责任。从这个角度看来，他的责任可以说是最重的，不能不说他的指导力是不足的。

李秀成的投降状由自己执笔，说这是他的最后污点也不为过。但这个污点并不能抹杀他击破清朝的江南、江北大营功绩的事实，这在历史上不容歪曲。

从桂平到南宁超过五小时的归途中经过贵县的县城。虽然洪秀全和冯云山将紫荆山作为根据地在金田村起兵造反，但其实最初打算是将贵县作为根据地。石达开就是在贵县出生，1930年在贵县发现了石达开的祖墓碑。

在道光二十年（1840）立的石碑上书有“清显妣谥慈俭石门黄氏老孺人之佳城”的文字。可以确认这是石达开曾祖母的墓，她的曾孙共16人（只有男子）全部都刻在了上面。第一外曾孙是祥开，最后一个是如开。所有的名字中最后一个字都是“开”字，石达开的名字是从后面数第二个。据此可判断他是第15个曾孙。

找到这个石碑的是当时国民党右派胡汉民（暗杀廖承志父亲廖仲恺的元凶），他在作了三首诗之后立下了石碑。

立有石碑的公园被称为达开公园，附近的山是达开山，县城的小学名为达开小学。贵县似乎以石达开为傲。

但之后改了学校名和山名，撤销公园的名字并推倒公园里的几座石碑。

现在已经有了关于将石碑恢复原样的提案，可能紧接着马上就要整备公园了。胡汉民的诗碑怎样处理还不知道，至少“翼王石达开祖墓碑”和“翼王石达开祖墓石柱残字碑”这两个不久就要像最初那样重新立起来了吧。

其实这样在地上横放的石碑对于取材的我来说读起来是更方便的，因为从吊高的石碑上，用小字雕刻的曾孙六个人的名字里面找出石达开是很难的。

石达开家也是地主。石达开参加太平天国时还很年轻，有说他20岁的，也有人说他16岁。

此后，在桂林和太平天国研究小组的朋友交流；在广东花县跟洪秀全故居遗址的主任欧阳先生谈话；在武汉大学与姚薇元、肖致治两位教授交换了意见。虽然关于人物评价有许多微妙的差别，但不管怎样也不能歪曲历史事实这一点大家的观点是一致的。

牵强附会的教条主义史观猖獗时，怕被疯狗咬到，作家把太平天国作为研究禁地。之后研究环境更为开放，作家们一起开始选取这个题目。不管多长时间，仍然有人对这个题目很感兴趣。

因为下午之后才从桂平出发，同行的人在太阳没落山时就走了，所以到南宁的时间稍微有点紧。但我在倒放的石碑旁边又多待了将近一个小时。公园的管理者用水桶里的水喷洒石碑表面，更方便我们阅读上面的碑文，也更便于我们照相。

石达开的名誉渐渐恢复，但真相谁也不清楚。每个作家都按照自己的理解去勾画石达开的形象。在我的小说中我很难把石达开重新定义，后来在武汉听说姚雪垠的构想是把石达开作为他小说的主人公。有现代作家认为石达开是最容易理解的最接近太平天国的线索。

听他说，今年5月左右在南京将举办与太平天国有关的研讨会，我对这次研究成果充满期待。

李季氏

听到李季先生逝世的消息，最开始还难以置信，因为去年（1979）9月或10月的时候我与他还见过面。根据我的备忘录，在9月29日北海公园仿膳举办的中国作家协会招待宴是我们的初次见面。第二天是国庆节前夜在人民大会堂的“国宴”，那时我们并不在同一张桌子上，而是在离很近的地方相互挥了挥手。毕竟在5000人左右的大宴会上，离得稍微远点连见面的机会都没有。座位的安排可能根据一定标准，比如为了尽可能留出文化关系的席位，我旁边的桌子准备了平山郁夫的席位。10月20日，在王府井烤鸭店举办答谢宴时李季先生整个人还很有精神。但后来在人民文学出版社担任社长的李季先生，从同席的作家听到一股脑儿惹人烦的关于降低版税的抱怨后变得有些招架不住了。

“渐渐会改善的，已经决定支付再版书籍支付版税了，我会尽力的。”

李季先生一边擦汗一边这样说。他的样子我到现在还历历在目。

“不能只回到1965年的水平，不进步的话也是不行的。”李季先生这样说。再版免版税是“文革”之后的事，支付版税不过是回到之前的状态而已。

“努力，努力。”李季先生反复这样说。

虽然周扬先生是仿膳欢迎宴的主角，但这次答谢宴上刘白羽先生是作家协会代表，丁玲女士和冰心女士等这些大家也会到场。

当天晚上，作家协会的冯牧先生和李季先生举办了小人数的送别宴。

李季先生和我说“请在人民文学上题一句话吧”，我回答“那……”，当时并没有想过再也不会见面了。

因为他出生于1922年，他说“我比你大两岁啊”，后来又问了我的出生月份：“1924年的2月吗，因为我是1922年的8月，说两岁也没错。只不过是一岁半啊。”他一边笑一边说。

李季先生是著名的诗人，他的长篇叙事诗《王贵与李香香》特别有名。中华人民共和国成立之后，这部作品被于村润色，由梁寒光作曲，被歌剧化后大受好评。据说人们听到“新歌剧”的出现就会很兴奋。

李季先生在河南省唐河县出生，初一时参加革命，在延安抗日军政大学学习，毕业后参军，主持联络参谋工作。从事小学教员、地方新闻编辑等事务深得民心，这些经历也成为了他创作文学的基础。他的小说和诗歌在《解放日报》上被多次发表。

他的第二部长篇叙事诗是《菊花石》，紧接着又发表了《生活之歌》。李先生从1952年在甘肃省玉门油田从事宣传工作，前面提到的《生活之歌》是他深入油田劳动者中体验创作出来的作品。除长篇之外他还有很多短篇作品，像《玉门诗抄》《玉门诗抄二集》等。他也创作儿童诗《西苑诗草》等，这方面的成果也可以看得到。

李季先生的文学特长是借鉴传统形式，取其精华在作品中展现，比如《王贵与李香香》成功地借鉴陕西北部信天游的民歌形式。他的作品不仅由文字形式，通过歌剧亲近民众的方式也被大家喜闻乐见。最近《石油大哥》和《红卷》就以是浓厚地方特色的方式呈现出来。

我对他是不是创作了新的作品，都是些怎样的作品产生了兴趣。

“忙于阅读，没有写诗的时间。桌子上和床上堆积的都是需要撰写的稿件。”他回答说。

比起身为诗人的李季先生，作为作家协会副主席，或者人民文学出版社社长的李季先生才是更忙的。“文革”以后，被禁止发表文学作品的人们送交上大量作品，不能知道在山一样的投稿作品中隐藏了怎样的宝玉。发掘“珍宝”成为了李季先生的工作。他一定没时间写诗，但即便是这样，填补中国文学上漫长空白的工作才是优先考虑的事。

李先生死于心脏病发作，因太过于专注阅读投稿作品积劳成疾。我想到这很心痛。报道称在追悼会上读吊唁词的是刘白羽。

听说李季先生是中农出身，处女作《王贵与李香香》是农民的恋爱和革命的故事，最重要的是将故事以农民的口吻表现出来，这是这部作品成功的最大要素。

到目前为止通过农民口吻创作的文学作品很少。有被称作民众诗人的文学者，比如唐代白居易也用简单明了的表达创作诗文。他是大官僚、大教育家，但他容易被理解的作品很少有说教的成分。白居易也在农民中生活过吗？同其他文人相比，可以看出他贴近民众的心情很强烈，但不管多贴近民众还是存在距离的。

白居易是在贫苦的家庭中长大的，他自述：“可怜少壮日,适在穷贱时。”但他的父亲是官员。不能说是大官，也不能说是平民。白居易的父亲去世时职位是襄阳的别驾。州长官是刺史，次官是别驾，再其次是司马。襄阳是大州，刺史从三品，别驾从四品，司马从五品。白居易40岁时，被左迁为江州司马。因为在香炉峰上建了个草堂，所以别驾绝对不是个小官。特别是在那个时代，长官的刺史是名誉职，基本上局限于长安，通常不去当地赴任。因此，别驾实质上是地方长官。

贫穷是相对的。有些人其实是稍微有些钱，因为总与比自己生活优越的人进行对比才感到自己很贫贱。交往的朋友如果都是大富豪，就会总觉得自己贫贱。白居易说他是贫贱的，是指他们家既不是名门望族，也算不上大富豪的意思。

白居易创作了五十首新乐府形式的诗。

最初“乐府”这个词的意思是掌管音乐的政府机关。于汉武帝时代设置，在祭祀和宴会时负责弹奏音乐。祭祀和仪式采用的是曲辞，向皇帝及其祖先排列赞辞的御用诗人的作品并不怎么有趣。因此在宴会上用的音乐必须愉悦众人。为了谋得新奇，故而必须要别出心裁，如引进外国的曲子再填上汉语的歌词。不管怎样，在乐府这样的政府机关弹奏的音乐是由歌手按照写好的歌词进行演唱。如果有一首曲子，就能改变歌词创作出许多歌曲。但唐代以乐府为题创作的歌曲是朗诵用的诗，不是曲子。

政府机关从古代就开始收集各地的民谣 ，通过民谣了解各地的风俗和民众的情况，并作为政治上的资料加以参考。当苛税很重，官员贪污受贿，苦闷于战争时，民众一定要通过唱歌的方式表现出来。不管在怎样的暴君独裁统治下，民众的歌声也不能被封禁。当直接表现的方式被禁时，民众就通过隐晦的方式来表现。例如，因为暴君的奢侈浪费而受苦的民众写出“硕鼠荒粮库……”的歌，在村落的集会上演唱。

“乐府”这个名词从政府机关名称转变成了“用乐器伴奏，由歌手演唱歌词”的诗体名称，乐府诗没有被束缚于绝句和律诗等规则中，颇有民歌特色，被广泛创作出来。

白居易出于对唐代乐府诗的不满而创作了“新”乐府诗。他的《新乐府》是以《采诗官》结束的。古代收集民间歌谣的官员为“采诗官”，“采诗听歌导人言。言者无罪闻者诫，下流上通上下泰”。

导人言，是指引导民众自由地畅所欲言。即使多么辛辣讽刺批判，也不会被判罪处置，因为听到的人会引以为戒。

以这样的方式把民众和从政者之间的意志连在一起使国家安泰。

现在创作乐府的人不再这样考虑了。如果没有复活乐府精神的人，那只有自己做了。

白居易即如此。白居易将有助于政治的诗歌称为“新乐府”。

对丝绸之路关心的人，应该对唐代从西域传来的胡旋舞感兴趣。在白居易的《胡旋女》中多次引用了这种舞的节拍速度。在《新乐府》五十首中有八首如此。

在玄宗时期引起叛乱的安禄山，被玄宗宠爱的对政治不关心的杨贵妃，都是跳胡旋舞的名人。白居易创作的《胡旋女》，并不仅仅是称赞旋风舞蹈的美丽，也通过“戒近习也”表达了自己作诗的意图，要制止这种不良的社会风气。

禄山胡旋迷君眼，兵过黄河疑未反。
贵妃胡旋惑君心，死弃马嵬念更深。
从兹地轴天维转，五十年来制不禁。
胡旋女，莫空舞，数唱此歌悟明主。

这首诗的开篇，“胡旋女，胡旋女。心应弦，手应鼓……”以三字一句开始。最后的部分，“胡旋女，莫空舞……”也插入了三字句。本文是七字诗，白居易为了使叙述充满民歌的韵律，以新乐府的形式开篇，并以此结束。

“如果说总论的话，这是为君，为臣，为民，为物，为事创作。不是为文而作。”

并不是为了文学的文学。文是指修辞，新乐府诗并不仅仅是辞藻华丽的诗文。

白居易的诗简明浅显通俗易懂，并不是只为了一部分受过教育者能理解，而是想让大多数的人都理解。他一定是想让即使看不懂字的人，听了之后也能理解。

其体顺而肆，可以播于乐章歌曲也。

修改诗体、保留韵律，是想通过音乐和歌曲的方式使其传播得更远，为更多人所接受。因为白居易出身贫贱，比谁都更亲近平民，也能收集到民歌，从这一点上看，他的新乐府应该能反映当时的民歌。

但有需要注意的地方。新乐府诗《法曲》《立部伎》《华原磬》《五弦弹》《骠国乐》等，即使是白居易的作品，读起来还是能看到正统文人的偏见。

夷声邪乱华声和。

这是《法曲》中的一句。看不到外国音乐的邪乱，华声（中国的传统音乐）的优势还没有发挥出来，因为两者混在一起才有了安禄山之乱。

梨园弟子调律吕，
知有新声不如古。

这是《华原磬》中的一句，即便是宫廷的音乐家，也只通晓新声（新式音乐），对古典音乐并不了解。即使是白居易也不是彻底的上古主义者。在同一首诗中，

磬襄入海去不归，
长安市儿为乐师。

磬襄是《论语》中著名音乐家的名字。他叹息世间的音乐变得迷乱，离开去海对岸的岛屿中了。磬襄已经不在了，现在宫廷中被选用作为乐师的是长安城中喜欢音乐的年

轻人。

人情重今多贱古。

这是《五弦弹》中的一句。当时的人情是重视“今”，很多轻视“古”，这一点令白居易感叹。二十五弦的古瑟不弹了，憎恨五弦琵琶这样恶俗的乐器。

关于唐代的乐器，我在其他文章中已经叙述过，这里不展开详述。琵琶是从西方传来的乐器，四弦是伊朗系，五弦是印度系。四弦是早先传过来的，五弦是6世纪才传过来的。即便都是琵琶，五弦的更新潮，四弦用于管弦乐，五弦用于歌曲的伴奏，后者更为流行吧。

这里多提一句，中国的五弦很快被废弃，唐代的五弦琵琶现在已经没有了，日本的正仓院里所藏的是世界上唯一一把五弦琵琶。

《骠国乐》是关于批判外国音乐流行的一首诗。骠国是现在的缅甸。恐怕这个国家的音乐对当时的唐朝人来说充满异域风情吧。

民间的歌谣大多都很俗，高尚的歌词不能被一般的平民所理解。歌词中有时候也有卑贱庸俗之语。白居易会借鉴这样的诗歌吗？我稍微有些怀疑。

庸俗也有能量，如太平天国初期的文书，也就是说即使作为诏书，也多采用俗语。从金田村到永安进攻时天王诏令中有“各宜真草、坚草、耐草”的表达。本应该使用“各……宜……” 的逻辑表达，但应该做什么便不知道了。其实“草”字是广西的俗语，与“心”同义。此句是说应该满怀关照的真心、坚强的心、忍耐的心。而这篇诏令给人感觉太过于俗语化。对于参加太平天国的广西贫农和矿工、搬运夫、炭烧工，这些是他们自己的表达方式，并不是躬行仁义的体裁用语，可以深入内心。人们被这样的俗语激励的程度并不得而知。

李季先生年轻时将陕北的民歌用于自己的创作，因此作品中饱含着能量。李季先生的诗也并不是为了文学才创作出来的，与白居易的风格很相似。但与白居易根本不同的是，他对于粗鄙的内容没有偏见。可以说，白居易是用头创作新乐府，李季先生是用全身创作诗。或者说，他在陕北地方的农村有与民众亲密接触的经历，自然能创作出接地气的作品。

说李季先生是农民也可以，他淳朴的音容笑貌在我的脑海中挥之不去。我为他去世而深感悲痛。

解说

立间祥介

本书收录了关于中国史的18篇随笔，而唐朝李贺所作《梦天》诗中的“遥望齐州九点烟”是本书名字的由来。

说起陈舜臣，其最近有大作《中国的历史》和很多与西域有关的著作，当之无愧被称为中国文化介绍第一人，我便是沿着陈氏一流的史观创作了历史小说。陈氏的大作《鸦片战争》于昭和四十二年（1967）10月发行，虽然到现在已经20年，但我依然难以忘怀第一次阅读到这篇作品时的震撼心情。那时，我虽然开始阅读并翻译中国演义体小说（后出），但一口气读完（可能陈氏会生气）那篇《鸦片战争》后，我想“这可能是演义体小说吧”。

“演义体小说”是元末明初根据罗贯中撰写的《三国演义》开端的长篇历史小说。这一类小说的作者大都参照司马迁写《史记》以来历代王朝所编撰的“正史”和众多资料，根据广大民众的技艺并与听众间进行交流、大胆取材创作而成，并借讲解师之口重述历史。陈氏的《鸦片战争》当然并不是这样的形式，他是将浩如烟海的资料作为自家药笼中物的基础，将鸦片战争前后时代的历史活灵活现地重新展现在读者面前。司马迁编撰《史记》时积极采用语言资料，捕捉历史人物某一瞬间的只言片语，从而生动刻画人物形象。陈氏《鸦片战争》所采取的手法与司马迁的写作手法并不相同。继《鸦片战争》后，据我所知，《江水不再流——小说甲午战争》《桃花流水》《青玉狮子香炉》《残系之曲》等作品均在描绘近现代的中国史及中日关系史，而且还有现代语版本。陈氏的工作不仅如此，他还撰写了一系列与中国古典文化有关的《史记》《十八史略》等历史书和依据《三国演义》《水浒传》等改编而成的历史小说。陈氏这些历史小说的特点是记录下了经过严密考证和经过证实的渊博史实，使读者在阅读陈氏作品的同时学习到中国史上的情节故事和风俗习惯。若从这方面来看，像陈氏这样的随笔很难得。这是陈氏长期储蓄积累的结果，《九点烟记》就是这样一本书。

本书以“中国史十八景”分篇，从第一景《烟的行踪》的标题就能感触得到，该文章从“烟”字展开，中国的

“烟”字从“因”字演变而来，到近代所说的“鸦片烟”中的“烟”，涉及中国吸食鸦片的历史。“经过辛亥革命、五四运动，中国步入了新时代，甩开鸦片的运动取得了完全的成功，推翻清王朝，这些都可以说是巨大的事业”，这一点不足为奇。这篇文章同以鸦片战争中重要角色林则徐的日记为主要素材叙述清朝文官在年初关于祭拜神庙的习惯和民间信仰的第八景《敬神之日》一起，是以《鸦片战争》后传的形式重新创作的作品。在《烟的行踪》中引用王维的《山水论》，“在绘画处于远处的人物时，眼睛和鼻子不须被绘于纸上，同样，远处的树木不必画树枝，远处的高山不必画岩石。即是说，画山水之时只需要其像眉毛一样若隐若现，即可达到最高的意境之所在。画远处的水时，其表面不需要有波涛，只需与天上的云彩相连。我们虽能理解这一作画的诀窍，然而我们却有时希望能观察到远景中人的相貌表情，或者是希望鉴赏生长在树木上的枝杈。此外，仔细认真地观察山中奇岩生怪石的风景的冲动，抑或是对长风卷波涛的画卷的期待，都是常有之事。能够满足人们这样的心情的不正是小说家——特别是历史小说家吗？我是如此认为的。而且，当我如此思考之时，我自身也很奇妙地变得兴奋起来”。这些论述，也流露出历史小说家一部分内心中的隐秘，令读者十分欣喜。

第二景《朝衡小考》以在中国取名为“朝衡”，并通过科举考试步入仕途的阿倍仲麻吕为主要人物，对于《大日本史》中“忘国之徒”的说法，以“选择取朝臣中‘朝’这一姓氏，是为了不忘身为日本朝廷的臣子”等为论据为阿倍仲麻吕展开辩护，同时也介绍了仲麻吕在中国的生活。小说《长安日记——贺望东事件录》中描绘了“从日本刚来的少年留学生阿倍仲麻吕”的形象，其中也有“日本的这部分的记述完全不同，夜以继日吸收大唐的文化，终于带着它们回归……”等记述，由此得知阿倍仲麻吕的形象绝对不是作者单方面的想象。

第五景《特立独行之人》是关于五代时为五朝八姓十一位君主效力而被人所诟病的冯道。作者一边介绍明末李卓吾的辩护论（依据是《孟子》中的“民为贵，社稷次之，君为轻”）一边对有“特立独行的思想家”之称的李卓吾进行了评价，“他的叙述洗却了流于事物表面的淤泥，从而发现问题的本质。尘世中那些将自身涂满淤泥之人面对李卓吾应当是感到非常的无地自容吧”，不论在什么时代，处事不拘一格的特立独行者都过着艰难的生活。但作为特立独行之人，身处世间不管怎样都要保持一颗赤诚的初心。作者以此为警句终结全文。

第六景《方士的故乡》由传说漂流到日本的秦国方士徐福开始，对秦汉的方士进行考察。指出秦始皇“焚书坑儒”之时被坑杀的并非都是传闻中的那些儒生，实际上有很多是受徐福逃亡事件牵连的方士。

第七景《五斗米道》是叙述东汉末的两大道教团体“五斗米道”和“太平道”，说明受惠于地势环境的五斗米道是因与权力相妥协留存下来的。小说《秘本三国志》中担任狂言角色的五斗米道的教母小容，就是根据五斗米道的史实资料重新创作出来的。

第十景《元号杂谈》由关于中国元号的开始与变迁展开叙述，提及日本的元号，“世界中留存下元号的只有日本一个国家……是不是应该保留元号，要尊重日本国民的意思。但在这之前元号是什么，重新回顾和理解元号的概念是很有必要的”，由此提出了值得探讨的问题。

以上是关于本书中几篇文章的见解。为了更便于理解，本书主要以关于中日文化交流史的问题作为题目，能让读者对每一篇文章都更具浓厚兴趣，是一部有着丰富内容和重大启发作用的中日文化论集。

一九八六年十二月